情熱の恋愛革命

青野ちなつ

Illustration
香坂あきほ

B-PRINCE文庫

※本作品の内容はすべてフィクションです。
実在の人物・団体・事件などには一切関係ありません。

CONTENTS

情熱の恋愛革命

プレッツェル・スティックをパキンと口で折ると、香ばしい香りが口いっぱいに広がる。

わずかに塩味が付いたシンプルなそれは、イタリアから帰国した泰生《たいせい》が土産として買ってきてくれたものだ。ハンドメイドらしく少し不格好で細すぎる嫌いはあるが、現地では生ハムを巻いて食されるグリッシーニとして売られていたらしい。が、潤《じゅん》にはそのままでも十分美味しかった。イタリアの小麦がいいのか、それとも製法がいいのか。まるで上等なスナック菓子のようで、映画を見ながら片手間に食べるものとしては最適だった。

「ん。モヒート風ソーダってとこか」

キッチンから歩いてきた泰生が機嫌のいい声でグラスを渡してくれた。フレッシュミントがたっぷり沈んだロンググラスは目にも涼しげだ。

「んで、おれはモヒート。ニューヨークでうまいモヒートを出すとこがあってさ、滞在中はずっと通ってたんだ。レシピをぶんどってきたからこいつは直伝《じきでん》だぜ」

隣にドサリと腰を下ろした泰生は、作ったばかりのグラスをさっそく傾けている。男らしい喉骨《のどぼね》がごくごくと音を鳴らして大きく動くのに潤はぼんやりと見とれた。

夏休みが始まってひと月弱。世界各国を飛び回っていた泰生がようやく日本に帰ってきた。

世界的トップモデルとして活躍する泰生は、ヨーロッパで開催されるファッションウィークのために梅雨入りした日本を発ち、八月後半の今までニューヨークや香港《ホンコン》、バリ島などを慌《あわ》ただしく渡り歩いた。しかも今泰生は演出の仕事にまで手を出しているためか、ここしばらくは分刻みといっても過言ではないほど忙しかったらしい。

当初、大学生になった潤の初めての夏休みはそんな泰生と一緒に外国に滞在する計画もあったが、バタバタと忙《せわ》しない環境で目が行き届かない可能性を心配した泰生は、夏休み前半のスケジュールに潤は連れて行かないことを宣言した。潤としても夏休みを利用した集中講座を受けたかったこともあり、泰生の言う通りに日本で勉強に励むことにした。

しかしそのせいで、こうして泰生とゆったりするのはふた月ぶりくらいだ。始まった映画を見ながら、潤はこっそり泰生の不在の日々を指折り数える。

春からしばらく日本にいてくれたせいか、泰生の久しぶりの長期不在はなかなかこたえた。毎日ではないけれど定期的に連絡はあるし、短い時間だが電話で話すだけでホッと出来る。が、寂しいという気持ちはどうしてもなくならない。口には滅多に出せないし、帰ってきた泰生に甘えることもなかなか出来ないけれど、恋人は潤のそんな気持ちをわかってくれているのか、帰国後はこれでもかと甘やかしてくれる。

「潤、ついてこれてるか？　すげぇブラックな展開だけど」

泰生の声に、潤は慌てて画面に意識を戻す。

今見ているＤＶＤは古いフランス映画の復刻版だ。会話はフランス語だが、字幕は英語のみ。

泰生がイギリスで買ってきたものだからだ。

日常会話程度の英語なら潤も何とかなるとは言え、まだまだ未熟な部分も多い。そんな潤が映画を見ながら英字幕を読むというのはなかなか難しかった。リアルタイムで反応している泰生がただひたすら羨《うらや》ましい。

世界で活躍するために、泰生は各国で自由に言語を操る。日常会話なら六カ国語は話せるらしく、潤にとっては目標とする存在でもあった。

「う～……」

ダメだ。やっぱり映像と英語、同時に頭に入ってこない……。

映画自体をあまり見ない潤は、画面下部に出る字幕を読むのがもともと苦手だ。それが英語ならもっと難しいということも、最初から推して知るべしだろう。とうとう潤は字幕の文字を追うのを諦《あきら》め、聞こえてくるフランス語に意識を集中することにした。

フランス語はこれからどうしても必要なんだから……。

潤もなかなか必死だった。

それというのも、近々潤は泰生と一緒にフランスへと旅立つ。八月は移動が多く忙しかった泰生だが、九月のスケジュールはフランスを中心にヨーロッパで仕事が入っていた。そのため、夏休み後半は潤も泰生と一緒にフランスのパリですごすことになったのだ。

ひと月というパリ滞在に、潤は期待と不安でここしばらく落ち着かない日々が続いている。潤は春にも海外旅行をしたばかりだが、英語圏の前回とは違って今回は言葉にまず不安があった。そのため、夏休みに大学で行われたフランス語の特別講習に飛びついたくらいだ。けっこう頑張って勉強したはずなのに、こうしてフランス映画を見ているとまだまだだと自分の未熟さにがっくりくる。リスニングを意識すると話の筋は何となくわかってきたけれど、慣れないことを続けるうちに次第に頭がぼんやりしてきた。

「眠いんだろ、体が温かいぜ。もう寝るか?」

すぐ隣に座っているせいで、泰生にも潤の意識が散漫《さんまん》になっているのがばれたらしい。

確かに眠い。けれど、泰生とののんびりくつろぐ時間と引き替えに睡眠を取るかと言われるとそれももったいない気がする。

「そう…ですね……」

プレッツェル・スティックを口に咥えたままどうするかとぼんやり考えていると、ふいに泰生が顔を覗《のぞ》き込んできた。

「ふぇ?」

すぐ目の前に迫った泰生に潤は慌てる。が、泰生はにっと唇を引き上げて、潤が口に咥えていたプレッツェル・スティックの反対側にかぶりついてきた。

「!?」

パキパキと音を立てながら泰生が反対側からプレッツェル・スティックを食べ始めたため、二人の顔の距離はどんどん縮まっていく。

「っ……」

動揺する潤を泰生が楽しそうに見ているのがわかった。その顔が意地悪なのにすごくかっこいいのが悔しい。泰生のいたずらが甘ったるいのも潤には恥ずかしくて、ソファに背中を押しつけるように後ろへ逃げるが、恋人はその距離を難なく縮めてきた。

「んっ……」

とうとう唇の先が触れた。が、泰生はさらに潤の唇を割って咥えていたプレッツェル・スティックを舌先で奪い取っていく。唇はすぐに離れ、上機嫌な顔で泰生が見下ろしてきた。咀《そ》嚼《しゃく》し終わったのか、潤の唇に触れたそれにぺろりと見せつけるように赤い舌をひらめかせる。

「ごちそうさん。ん？　耳まで顔が真っ赤だぜ」

それを指摘しないで欲しい。このままソファに埋もれてしまいたいと体を小さくする潤を泰生は喉で笑いながら、グラスのモヒートをひと口。そうして体を起こした。

「さて、寝るか」

「あ、はい……」

「思ったより参考になるもんはなかったし、これ以上見ても時間のムダだ」

泰生には今度パリで大きな演出の仕事が入っている。スケジュールは順調に進んでいるが、泰生としてはあとひとつ何か足りないらしく、インスピレーションを得られるものを探しているようだ。が、どうやら映画にヒントになるものはなかったらしい。

「えっと、寝るんですか?」

もう少しのんびり恋人とくつろいでいたかっただけに、突然気分が変わった泰生に潤の方がついて行けない。残念な気持ちも多々あった——が。

「あの、ねっ…寝るんですよね……?」

寝ると言った泰生がなぜか体の上にのしかかってきて、潤は戸惑って声を上げる。まごつく潤をソファの背に押しつけるような泰生の動きは軽快で、少しも眠そうではなかった。

「こーら、なに手足をバタバタさせてんだ」

「だって、ひゃっ」

Tシャツの裾からくぐってきた手がひんやり冷たくて反射的に声を上げる。焦って見上げると、泰生はいたずらっぽく笑っていた。黒々とした瞳に宿り始めた欲情に、潤は知らず喉が鳴る。そんな潤の意を汲んだかのように泰生は臆面《おくめん》もなく言い放つ。

「だからおれはさっき聞いたじゃねぇか、寝るかって。セックスするかって意味だろ、当然」

「そっ、当然っ……て……ぁ」

顔を真っ赤にして首をぶんぶん振るが、泰生の手があばら骨を数えるように脇腹《わきばら》から這《は》い上がってくると、潤は息をのんだ。冷たい手が潤の肌の熱を奪うように押しつけられる。その微妙なタッチがひどく官能的で、潤の肌は一気にざっとあわ立った。

「違うのか？　だっておまえのここ――」

「ひ……っ」

「おれの指を待ちわびたみたいに硬《かた》くなるじゃね。ほら、もう尖《とが》ってきた」

「あ、ぁうっ、ゃ、やっ」

乳首を弄《いじ》る泰生の手を潤は必死で押さえる。弱点であるそこを触られると、自分でも恥ずかしいくらいいやらしい気持ちに囚われてしまう。しかし潤の抵抗をものともせず、泰生は執拗《しつよう》にいじめてきた。わずかに硬くなり始めた乳首を指先で引っかくように動かし、思い出したように押しつぶされる。時に指先でつままれると腰の奥深くがじんと痺《しび》れた。

「や、ぁ…っだ、ぁ、そこ、そこっ……はっ」

「好きだろ？」

「ん、んっ、す……じゃないっ」

耳元で囁《ささや》くように誘導され、潤は危うく頷《うなず》きかけるところだった。泰生にはとっくに弱点を認知されているけれど、それを口に出来るほど潤も奔放《ほんぽう》にはなれない。

「なぁんでだよ。おれの指に弄られるのが好きでツンツン尖ってるじゃねぇか」

涙目で見上げると、まさにいじめっ子顔の泰生と目が合った。潤がわずかに怯《ひる》むのを見て、泰生の笑みはますます深くなる。

「潤は乳首が好きだよな？」

「ぁあああっ、ぁ、はっ……」

つま先でぴんと乳首を弾《はじ》かれて、潤は大きく仰け反った。指から逃れようと体をよじるうちに、ソファの座面に倒れ込んでしまう。泰生に背中を向けるように体をうつぶせる潤だが、それでも恋人は背後から腕を差し入れて胸への攻撃をやめてはくれなかった。

「んじゃ、聞き方を変えるか。潤、さっき食べたプレッツェル・スティックは好きか」

「ん？　ん、あれ…っは美味しかったし好きですけど」

突然何を言い出すのか、潤は淫蕩《いんとう》にけぶる頭で必死に考えようとする。しかし泰生の妖しい指先がそれを蹴散《けち》らす。

「考えるな。感覚で答えろ」

「あうぅうっ」

乳首をつねられて、背後から膝《ひざ》を割るように泰生の足が入り込んできた。薄い生地を通して筋肉質な泰生の足を柔らかい腿《もも》の内側で感じる。敏感な股間近くをゆるゆると固い足で探られると、全身の熱がさらに腰の奥へ集まり出す気がした。

「んじゃ、おれとDVD見るのは好きか」

「好…きっ、ぁ、ぁあっ」

「じゃ、乳首弄られるのは？」

「す…じゃな…やぁああっ」

熱くなりすぎた欲望を強めに泰生の腿で後ろから押し上げられ、潤はあふあふと唇を喘《あえ》がせる。体の奥で逆巻く疼《うず》きがじんわり体中へ蔓延していくような怖さに泣きそうになった。いや、視界が霞《かす》むのはすでに涙がにじんでいるためか。

「ぁ、あ……っ、ひ」

乳首をぐりぐりと押しつぶされると、思考まで霞んでいく気がする。切れ切れの悲鳴を上げながらけぶる眼差《まなざ》しで泰生を見上げる潤に、恋人はひどく優しげに訊《たず》ねてきた。

「潤、おれのことが好きか？」

「好き、好き……ぃ…っん」

「ふーん？　そんなに好きか」

「ん、んっ、大好き…あっ……泰生が好きっ」

「――んじゃ、乳首弄られるのは？」

「好き、泰生に弄られるのはっ……好き」

泰生が背後で小さく吹き出す。それに潤は今自分が何を口走ったか思い出した。胸を弄る手を無理やり退《ど》かすと、上体をひねって泰生を睨《にら》んだ。

「泰生、ひどいですっ」

「んだよ。潤が素直じゃないからおれが遠回りして聞かなきゃならないんだろ」

「だから、聞かなきゃいいじゃないですかっ」

尖らす口に、泰生は笑いながら唇を寄せてきた。熱い唇でふさがれて、最初潤は抵抗する。こんなことでごまかされないぞと思うが、忍んできた舌にねっとりと口内を舐《な》め回されると次第に思考があやふやになった。指先で顎《あご》をとられ、背後からされる濃密なキスに潤は夢中になってしまう。臀部《でんぶ》に押しつけられる兆し始めた泰生の欲望のせいもあった。

「おら、こっちに体向けろよ。いつまでおれに背中向けてんだ」

キスでぼんやりした潤の体を泰生が強引に仰向けの体勢に変える。覆《おお》い被《かぶ》さる泰生と向かい合う形だ。荒い息を吐く潤の、めくれ上がったTシャツを泰生はさらにたくし上げた。

「んー、んまそ」

呟くと、泰生は色付いた胸の先にむしゃぶりついてくる。

「ゃああああっ」

その瞬間、視界が真っ白に爆《は》ぜた。軽くいったのかもしれない。熱い唇で吸われ、ねっとりと舌で舐め上げられる。きちきちと歯で甘噛みされて潤は何度も高い声を上げた。

「あ、ぁっ……やぁ…っだ。ぁ──あぅっ」

「いい声、ゾクゾクする。おとといはおまえを抱くのに夢中だったから聞くのを忘れてて損したな。やっぱこの声いいわ」

泰生が興奮したように乳首をしゃぶりながら話す。

おととい泰生が帰国したときも、潤は何度も気をやるほど泰生に抱かれた。長期間会えなかったから潤も夢中でしがみついていたが、どうやら泰生の方も余裕がなかったらしい。

「すげぇ、ぐちゃぐちゃ」

「ひっ……んんんっ」

泰生が指摘したのは、突然触れてきた潤の下肢だ。薄い部屋着の上から容赦《ようしゃ》なく揉《も》み込まれ、にじみ出た欲望の雫でぬめる股間を揶揄《やゆ》する。

「何だよ、奥までドロドロじゃね」

臀部までぬれているのを思い知らせるように撫で回され、体が何度も跳《は》ねた。部屋着の上からだというのに疼くつぼみの上を指が通ると、腰の奥まで痺れる。その合間に乳首をきつく吸われて、潤は淫らに腰を波打たせた。

「っん、っん、ぃ……っ」

「直に触って欲しいだろ」

欲望を擦《こす》られ、そのまま奥に落ちた手で秘所を弄られる。ぬめる布越しに指を入れられそうになって、潤はくぐもった声を上げた。その声が我ながら悩ましい声で恥ずかしい。

泰生も何かを感じたらしく、じんじん痺れる乳首からようやく唇を離し、潤を懐《ふところ》に囲い込むように抱きしめてきた。

「ゃ…っ……」

「おれの手が欲しいか？　直に触ってくれとお願いしてみろよ」

耳元で囁かれ、潤は緩慢《かんまん》に首を振る。

そんな恥ずかしいことは言えない。絶対に言わない。

そう思うのに、欲情した熱い体ですっぽりと抱かれ、ぬめる股間を妖しく揉みしだかれると快感に浮かされそうだった。泰生の硬い欲望をぐいぐいと押しつけられて首筋に鳥肌が立つ。

「ほら、言えよ。『直に触って』ってな」

「や……ぁうっ」

「『触って』だろ。潤――？」

唆《そそのか》すような低い声に、唇が震えた。甘い声で名前を呼ばれるともう抵抗は出来なかった。

「ぁ、さ…触って、泰生の手で…触っ…て……んんっ」

下着をくぐり抜けてきた泰生の手にようやく欲望を触られる。泰生の手はひどく熱を持っていた。その手で欲望を握られて、潤の口からは満ち足りたため息がもれてしまった。

「すげぇ気持ちよさそう。気持ちいいんだろ？」

「ん、んっ……ひっ」

潤は何度も頷くが、しかし泰生からお仕置きのように欲望の先端に爪を立てられてしまう。

「ぁ、あ、ど…して」

「今日は全部声に出していこうぜ。気持ちは言葉にして言えよ」

涙でグチャグチャになった顔で泰生を見ると、人の悪そうな笑みを浮かべていた。

「気持ちいいって、可愛く言ってみな。そうしたら、もっと気持ちよくしてやる」

潤の熱をすり上げていた指が奥へと忍び、秘所の周りをくるりとなぞる。

そこで味わう極上の快感を体が覚えているせいか、もの欲しげに奥の粘膜《ねんまく》がひくついた。

どうしよう……。欲しい、もっと。泰生――…。

「ほら、潤」

「き、気持ち…ぃ」

「ん？　聞こえねぇよ」

「気持ち…いい、いい…からっ」

「んー。もちっと可愛い方がいいが、ま、いっか」

「ひ、んっ――……ぁ……あっ」

甘く痺れている秘所に泰生の指が押し入ってくる。蕩《とろ》けていたせいか、奥まで指をのみ込んでしまった。そのまま様子を見るようにゆるく出し入れされ、次にかき回される。指を増やされても腰をのたうたせる潤に、泰生は欲望に掠れた声で笑った。

「潤、気持ちいいだろ」

「ん、気持ち…い……、ん…ぃいっ」

「素直な潤はすげぇ可愛いな。んじゃ、次は何が欲しい。指ぐらいじゃもの足りないだろ？」

耳を甘嚙みしながら吹き込まれる言葉に、潤は羞恥《しゅうち》で目の縁《ふち》が熱くなる。わずかに視線を動かすと、泰生が猛《たけ》ったオスの顔で見下ろしていた。

喉が渇く。いや、渇くのはもっと体の奥深く。そして欲しいのはひとつだけだ。

潤はごくりと喉を鳴らすと、泰生の腕を震える手で摑んだ。

「た…泰生、お…願い」

「んー？　何をお願いするんだ？」

「あ、泰生…が欲し……い…っ、あ、ぁっ」

「おれの何。ちゃんと口に出して言ってみろよ」

泰生がきつく見すえてくるのは滾《たぎ》る欲望をこらえているせいか。

頂点まで達しそうな潤の欲情をさらに煽《あお》るように、秘所に入れた指をかき回してくる。そのたびに潤は顎を仰け反らせ、泰生のシャツをシワが寄るほど握りしめた。

「あ……、た…泰生のこれ」

それでもどうしても卑猥《ひわい》な言葉は口に出来ない。潤は震える手をそっと泰生の腰へと伸ばした。薄いスウェット越しに猛った欲望に触れると、泰生がわずかに眉《まゆ》をしかめる。手の中のものが小さく震えてさらに熱を増した。

「──欲しいか?」

「んっ、欲しい。これ……入れ…て」

恥ずかしさに消え入りたい思いで潤は呟く。その声は耳をふさぎたくなるほど甘ったるかった。泰生の喉骨が大きく動く。そして、ようやく泰生が動いてくれた。

狭いソファから床のラグへと潤を抱えて移動すると、泰生は自らの服を脱ぎ去る。

「ぁ……っ──…」

膝を開かれ、後孔に硬い熱が押し当てられた。まもなく、ゆっくり押し入ってくる。腰を押しつけるように深く奥へ、体を串刺される衝撃に潤は唇がわななないた。

「ん――ん…ぁああっ」

熱塊《ねっかい》を粘膜になじませるように軽く揺さぶられる。太い切っ先が中で大きく動いて潤はたまらず嬌声《きょうせい》を上げた。それを確認して、泰生がゆっくり律動《りつどう》を開始する。

引き出して突き入れ、時に中に入れたまま大きくかき回された。根元まで穿《うが》たれると、ないはずの最奥に突き刺さるようだった。

「ぁ、ぁんっ……っ…ぁっ……」

体の奥で紡がれる甘い旋律《せんりつ》に身悶える。膝に食い込む泰生の指の痛みさえ、甘い快楽へと変換された。身のうちで感じる泰生の欲望は熱すぎて火傷《やけど》しそうだ。が、熱棒で焦がされるような感覚は圧倒的な愉悦《ゆえつ》をもたらす。

泰生の腹で押しつぶされる潤の屹立《きつりつ》はきつくもたげ、しとどに涙をこぼしていた。

「こーら、喘いでばっかいるなよ。今どんな気持ちか、言葉で言うんだろ」

傲岸《ごうがん》に言い放たれ、潤は背筋がゾクゾクする。

「んっ…ぁ、いい…気持ちいい、ぁ、あっ…泰生…ぃいっ」

「っ…、んなきゅーきゅー締めんなよ」

「いやっ、そ…れっ……ん、んっ、ゃあああっ」

ごりごりと固い欲望を押しつけられ、潤は何度もつま先を痙攣《けいれん》させる。穿たれる奥から電流が濁流《だくりゅう》のように駆け上がってくるのがひどく恐ろしい。首の後ろ辺りで逆巻くそれが天辺までやってきたらどうなるのか。それを想像するだけで子供のように泣きじゃくりそうだ。

「怖ぃ、んっ…気持ち…よすぎて壊れ……るっ」

「あー、すげぇくる。おまえエロいよな、ほんと」

「そっ、やぁ…だっ……み…見ないでっ。こんなおれ…ぁうっ」

「何で今ので『見ないで』になるんだよ。おれがエロいの好きって知ってるだろ。しっかし、潤は今こんなにエロエロなのに、次にやるときはまたまっさらに戻るんだよな。何にも知りませんって感じの純真無垢《むく》にさ」

膝から手を離した泰生が、潤の体を折りたたむように伸び上がる。潤の頭の横に手を置くと、艶《つや》を含んだ顔で見下ろしてきた。

「ちょっと意味合いは違うが、貞淑《ていしゅく》な妻が夜だけ娼婦って潤のような人間のことを言うのかもな。理想的だぜ、マジ」

「ぁう……っ――ぅ…」

奥深くにめり込んできた欲望に潤は淫らに体をくねらせる。体の奥が勝手に泰生の熱を貪欲《どんよく》に咥え込んでしまうようだ。

「っ…、わかった。動いてやるからそんなに締め上げるな」

「ひ…んっ、ぁ、あっ…泰生っ」

きつく絡んでいたはずの潤の秘所から泰生は強引に屹立を引き抜くと、同じくらい強くねじ込んでくる。固い欲望で抉られると、体が熟《う》れた果物のようにじゅくじゅくにつぶれていく気がした。蕩けて、なくなってしまいそうな甘い戦慄《せんりつ》に体が震える。

「ゃ…っだ……ぁ、ぃっ…や……ひぅっ」

「あー……、すげぇ気持ちよさそうな声。潤、ちゃんと言葉にしろよ」

それに潤は何度も首を振る。よすぎて声が出ない。気持ちいいのが怖くて、蕩けてなくなりそうな体が恐ろしくて、言葉が出せなかった。

けれど、今日の泰生は執拗だ。太く張った先端でわざと浅い部分を行き来し、前立腺《ぜんりつせん》を嬲《なぶ》ってくる。そうかと思えば奥深くを何度も抉《えぐ》られた。突き上げるような強い快楽に、潤は悶えながらとうとう泣きじゃくってしまう。

「あっ…ぃいっ…ぃ…いからっ…助け…てっ」

「んじゃ、なんて言うんだ？」

潤の鼻に自らの鼻を触れさせるほど近くで、泰生が悪魔のように黒く笑う。

「あ…ぁ…、いかせ…て」

わななく唇で紡ぐと、思わぬ優しいキスが落ちてきた。

「やっぱすげぇ可愛い」

体を起こし、泰生は潤の腿を摑んだ。そのまま上から腰を押しつけてくる。

「ひ…ぅっ――…」

最奥まで泰生の肉塊《にくかい》に征服され、潤は悲鳴を上げた。強く揺さぶられ、かき回され、抉られる。その激しさに潤はもう吐息しか出せない。持ち上げられたつま先が何度も痙攣しているのを掠れた視界に捉えた。

「う、ぅっ……っ、はっ……」

熱い欲望の固まりは内側から潤を壊していく。首の後ろで渦を巻いていた愉悦が、背筋を駆け上がってきた新たな快感に押し上げられて天辺までたどり着いた。頭の中の柔らかい部分に次々に突き刺さってくる快楽に潤は悲鳴を上げる。

「泰……せ、やっ、た……ぃせ、泰…生っ、ぃや…っ――っ」

「っ…ぅ……。あぁ、いかせてやるよ、一緒にな」

その瞬間、ひときわ大きなトゲが最後まで残っていた柔らかい部分に突き刺さってきた。その衝撃で目の前が白く焼ける。体がこわばり、潤は泰生にしがみついて絶頂を迎えた。

八月のパリはバカンスらしい。パリ中の店が一斉にシャッターを下ろし、パリ郊外や国外へと出かける。ようやくパリに人々が戻ってくるのは八月末。のんびりした店は九月にならないと店をオープンしないというのだから驚きだ。

「あ、ここの店、オープンしたんだ」

昨日までシャッターが降りていたパティスリーが大勢の人で賑《にぎ》わっているのを見て、潤は惹かれるように立ち止まった。ガラスのショーウィンドーにはカラフルな焼き菓子が並んでいる。

「昨日、あんなにマカロンを買わなければよかったかな」

砂糖で白くコーティングされた小粒のマドレーヌを見下ろし、名残惜《なごりお》しげに呟いた。

初めて訪れたパリの街は潤にとって驚きと感動の連続だ。歴史を積み重ねた貫禄《かんろく》ある建物や重厚で絢爛《けんらん》な造りのショップが立ち並んでいるなかに新しいものもうまく取り入れられており、街全体がひとつの芸術作品のような感じがする。美的感覚に優《すぐ》れている泰生ではないけれど、パリにいたら鈍感《どんかん》な自分でさえ色んな感覚が鋭《するど》くなってきそうだ。

「うー。我慢我慢」

今日は散財《さんざい》はなしだと自分に言い聞かせて、潤はようやく歩き出した。目指す先はすぐ近く。歴史を感じさせる建物のドアをセキュリティコードを入力して開けると、コンシェルジュ兼ガードマンの男がにっこり笑って出迎えてくれた。

「Bonjour, monsieur!」

強面《こわもて》で体格のいい男性だが、笑うと一気に親しみやすい雰囲気に変わる。そんな彼に潤も気恥ずかしいような気持ちを抑えて挨拶を返し、レトロなエレベーターに乗り込んだ。

「――ただいま…と」

扉を開けると泰生はリビングで電話中のようだ。どうやら国際電話らしく、ケンカに近い勢いでイタリア語をまくし立てている泰生を見て、潤は声をかけずにキッチンへと回った。

フランス・パリに来て今日で三日目。到着した夜はホテルに泊まったが、昨日から潤たちはこのアパルトマンで暮らしている。

泰生の知人が持つ物件で、ホールにコンシェルジュが常駐していたり建物の大きさに比べて圧倒的に部屋数が少なかったりと、いわゆるラグジュアリー層のコンドミニアム型アパルトマンだ。かくいうこの部屋も広いリビングにベッドルームがふたつ、その他に書斎《しょさい》やサンルームまである。キッチンやバスルームは最新式だが部屋自体は歴史を感じさせる豪奢《ごうしゃ》な内装だった。そのアパルトマンでも潤が一番気に入ったのが、ベランダから螺旋《らせん》階段で上がる屋上テラス。

今朝は、パリの街が一望出来るそのテラスで朝食を取ることにしていた。

「無事に買えたみたいだな」

電話を終わらせて、泰生がキッチンに入ってくる。

Tシャツにジーンズというシンプルな格好に、首に幾つもの革紐《かわひも》を巻きつけていた。最初泰生の手によって潤に巻かれたそれだが、首が絞まりそうで怖いと音《ね》を上げたものだ。

「んで、何で三つも買ってんだ？」

潤からポットを取り上げてカップにコーヒーを注ぎながら、泰生がひょいっと袋を覗いて眉を上げた。

「それが――…」

潤は肩をすぼめて先ほどのブーランジェリーでの出来事を話し出す。

歩いて五分もかからない場所にあるブーランジェリーへ朝食を買いに出かけたのだが、どうも自分のフランス語が通じなかったらしく、バゲットサンドをふたつ注文したはずが、渡されたのは三つ。ひとつ多いとは言えずに、潤はすごすごと店を後にしたのだ。

「ちゃんと指でもふたつってやったんですけど」

悄然と泰生に指を二本掲げてみせる。

フランスに来て何度かフランス語は話したが、いつも隣で泰生がフォローしてくれたので今まで言葉が通じないことはなかった。が、今日初めてひとりで買いものに出たとたんこれだと潤は少なからずショックを受けている。

「あぁ、それだ」

しかし、泰生は潤のしぐさに思うところがあったようで苦笑して頷いた。

「確かに日本では潤がしたサインが『二』を表すけど、フランスじゃ違うんだ」

日本で指を使って数を表すときは人差し指を掲げて『一』と数え始めるが、フランスではまず親指を掲げて『一』となるらしい。そのため、フランスで『二』を表すためには親指と人差し指を掲げるサイン。潤がしたいわゆるピースサインは指の角度や見ようによっては『三』とフランス人は捉えてしまうらしい。

「潤のことだ。フランス語を話すのが恥ずかしくて、声が小さかったんだろ。だから店員は指のサインを見て三つだと判断したんだ」

なるほど、言われてみれば確かに先ほどは発音に自信がなくてついもごもご注文した気がする。まさにカルチャーショックだ。おかしそうに笑う泰生を見て、潤も自分のフランス語が通じなかったわけではなさそうだとほんの少しホッとする。

「とにかく、おまえは怖れずに話すことだな。潤は耳もいいし記憶力もいいんだから、今おまえが覚えている単語で日常会話程度は出来るはずだ。あの初級編の教材を日本に置いてきたのはもうマスターしたからなんだろ?」

潤が驚くのを見て、泰生は知ってるぜとばかりにアクの強い笑顔を浮かべた。

「単語が間違っていても発音が違っててもいいから、とにかく声を出して話しかけてみろ。外国人が一生懸命話そうとする姿を見て笑う人間なんてそうそういないんだから」

説得力のある言葉に潤は何度も頷く。潤が勉強していても泰生は何も言わなかったが、ちゃんと見てくれていたんだとそんなことにも感動した。これからも頑張ろうと力がわいてくる。

「何はともあれ、パリでの生活は始まったばかりだ。これからいくらでも機会はあるだろ。でも間違っても危ない場所にだけは行くなよ？　昨日おれが地図に丸を付けた地域以外は絶対に足を踏み入れるな、いいな？」

最後は少し語調をきつくされ、それにも潤は頷いた。

「よし。んじゃ、潤とのパリデートを前に腹ごしらえといくか。さっき電話でエキサイトしたから腹が減った。バゲットサンドふたつぐらい軽くいけそうだな」

コーヒーが入ったふたつのカップを片方の指先だけで器用に持つ泰生に、潤もいそいそとバゲットサンドが入った袋を手にした。

マルシェは朝市と呼ばれるだけあって、早朝から賑わうらしい。食料品だけを売っているかと思いきや、花や雑貨、はたまた服を売っている店舗まであるのだから少し不思議だ。

「レ、レーヌ？　クロード？　プルーンじゃないのかな」

見たこともない商品が並ぶ通りを冷やかすだけでも楽しいが、潤が思わず足を止めたのが果物屋だ。初秋だけにブドウやイチジクなどが並んでいるが、売り場の大部分を占めているのがプルーンと思わしきものだ。おなじみの紫色のものから黄色や緑色など、形もさまざま。

潤が圧倒されている間にも客がひっきりなしに訪れては買っていく。一番人気があるのは、小さな青リンゴのような緑色のプルーンらしい。

「Chinois?」

そうやって潤がぼんやり立っていたのが目を引いたのだろう。果物屋の店主が人懐《ひとなつ》っこい顔で話しかけてきた。中国人《ちゅうごくじん》かとの問いに潤はどうすべきかと大いに動揺するが、背後ですまして立つ泰生は今回どうやら助けてはくれなさそうなので覚悟を決める。

「N...Non, je suis japonais」

それでも朝に泰生から言われたのを思い出して、日本人《にっぽんじん》だと声を大きくして答えた。親日家なのか潤の言葉を聞いて、店主の顔が一気にほころぶ。早口で何かをまくし立てると、木箱にあふれんばかりに入っていた緑色のプルーンをひとつ手渡してくれた。

「Allez-y, goûter」

食べろとばかりにジェスチャーする店主につられてプルーンにかじり付く。

「ん！　すごい甘いです、美味しい。えっと、C'est bon!」

外皮も緑色なら果肉も緑色をして、一見熟れているのか不安になるようなプルーンだったが、食べてみるとずいぶん甘くて驚いた。潤の反応を見て楽しそうに笑い、店主は今度はゆっくりとしたフランス語で説明してくれた。

「美味しいだろ。それはレーヌ・クロード。プルーンの女王と呼ばれているくらい美味しい種類だ。この季節、フランス人が競《きそ》うように買いあさるんだよ」

店主は話しながらもさらにひとつふたつとプルーンを手渡してくる。今日は特に何か買うつもりはなかったのにと潤は焦るが、店主はご機嫌に笑うばかり。

「いいから、それはやるよ、もらっときな。日本のこんな小さな子供がフランス語を勉強してくれてんだ。もっともっと勉強して、今度は大人になってから買いに来てくれ」

背後では泰生が小さく吹き出していたが、潤はどうしようと非常に困惑した。

「おれは十九歳なんですが……」

この時ばかりはさすがに声が小さくなった。それでも潤のフランス語を聞き取ってくれたようで、店主からは冗談だろうと眉を寄せられてしまう。仕方なくパスポートの写しを見せると、驚きすぎて卒倒《そっとう》しそうだとばかりに店主はその大きな目をぎょろりと動かした。

この反応は外国人には共通なのか。

空港のパスポートコントロールでも係員から信じられないと言うようにパスポートと潤の顔を何度も往復されたことをげんなりと思い出していると、店主は隣の女性店主にまで声をかけている。キノコばかりを売っている女性店主もしげしげと潤を見つめてきた。

「あの、これ返します」

子供ではないのだからと、もらっていたプルーンをそっと木箱に戻す。と、慌てたように店主が戻ってきた。

「待った待った。それは持っていってくれ。ほら、ついでにこれもおまけだ」

「あの、でも、あの……」

「ムッシューを子供だなんて言ったお詫《わ》びだ。それにしても……アジア系は若く見えるが、あんたは特に若いね。いやいや、驚いたな」

潤は眉を下げて、もらったプルーンの礼を言う。後ろにいたはずの泰生は少し離れたところでたえきれないとばかりに大笑いしていた。

「っんん。じゃ、行くか」

恨《うら》めしげな潤の視線にようやく気付いたのか。泰生が体裁《ていさい》を整えるように咳払《せきばら》いをして戻ってくる。が、今さら遅いとそっぽを向いてやった。

「Merci,au revoir!」

果物屋の店主に挨拶をすると、泰生は潤の肩を抱いて歩き出す。潤も振り返りながら同じ挨拶を口に乗せ、泰生に引っ張られるように足を進めた。

そうだった。フランスでは店を後にするときは別れの挨拶をするんだった。

フランス特有のマナーとも言うべき習慣をようやく思い出して、潤は少し反省する。朝のブーランジェリーでは言わなかったな、と。

店に入るときと出るときは挨拶を欠かさない、ドアの開閉は後ろの人のことも考えるなど、フランスで暮らす最低限のマナーをフランスに着いたその時から泰生は実地で教えてくれた。けれど日本ではあまりない習慣のため、どうしても忘れがちになる。

こういうのは記憶力がいいとか関係ないんだよな……。

残念な思いでため息をつくと、手に持ったままだったプルーンを思い出す。

「そうだ、泰生も食べて下さい。これ、すっごく甘かったんです」

プルーンをひとつ渡すと、潤の顔を見てまた思い出したように泰生が吹き出してしまった。

「泰生、笑いすぎです。ひどいです」

「いや、おまえがしおしおと箱にプルーンを戻すとこがめちゃくちゃ可愛くて。あぁ、たまらね。けど、おまえは大真面目にやってんだよな。そこがまたいいんだよ」

ほめられている気は全然しないため、潤はむっつり頬をふくらませる。

「でも、おまえのフランス語、ぜんぜん問題なかったじゃねぇか。おれも少し安心した」

そうだ。先ほどゆっくりとした口調ではあったが、店主とフランス語で会話が出来た。これだったら大丈夫かも。これからの生活に少し自信が持てる気がする。

「この青いプルーン、マジ美味いな。こっちの黄色はまた種類が違うのか」

泰生が今度は違う色のプルーンを口に放り込んだ。その奔放なしぐさに潤は笑みがもれる。

「今度はさ、潤がひとりで買いに行ってみろよ。あのオヤジも喜ぶぜ」

泰生の言葉に潤も大きく頷いた。


「丁度いい。欲しい本があったんだ」

泰生に引っ張られるように入ったフランスの書店を、潤は興味津々《きょうみしんしん》で見て回った。インテリアやデザインなどの大判ブックや写真集などが多く揃《そろ》ったアーティスティックな書店だ。

泰生はというと、デザインブックなどを大量に買い込み、配送手配の真っ最中である。今後の仕事で参考にするのだろう。

今回パリに滞在しているのは、泰生に演出の仕事が入っているためだ。フランスでも一、二位を争うファッションブランド『ドゥグレ』のパーティー演出を依頼されていた。あと三週間ほどに迫っているそれは靴《くつ》部門の新デザイナーのお披露目《ひろめ》で、彼の作品のプレゼンテーションも兼ねた大々的なパーティーになるらしい。

「今度のパーティー、泰生はどんな感じにするつもりですか？」

泰生の仕事にはあまり関知しない潤だが、今回の演出の仕事は少し気になっている。と言うのも、フランスを代表するようなハイメゾンのパーティーのせいか、準備には半年以上前から取りかかっており、今度の仕事に泰生も特別力を入れている様子だからだ。演出を楽しんでいるというか。そんな泰生を間近で見ているだけに、潤までもワクワクした気持ちになっていた。

「そうだな。まずひと言で言うと『豪華な座敷牢《ざしきろう》』だな。やんごとなき身分の人間とか大切な人間を、誰にも見せずに閉じ込めておくための贅沢《ぜいたく》な檻《おり》だ」

中天にかかった日差しを眩《まぶ》しげに見上げ、泰生は長めの黒髪をかき上げたあとパーカのフードを被った。化粧品メーカーの契約モデルとなっている今の泰生に日焼けは厳禁らしい。八月も終わりに近づき、日本よりもずいぶん早く暑さが和らぐというパリ。しかし、今日はやけに暑くて日差しも強かった。潤もつられて空を見やる。

「日本風になるんですか？」

「いや、座敷牢と言っても実際に畳《たたみ》や座敷を取り入れるわけじゃない。おれのイメージとして座敷牢が一番近かったから便宜上な。基本はあくまでエスプリの効いたフランスデザインだ。

エッセンスとして日本のものを多く取り入れている。パフォーマンスだとかケータリングや音楽、他にもインビテーションカードに使用したのも和紙だし」

日本の知り合いのアートデザイナーに頼んだのだと泰生が楽しそうに語ってくれた。

大きなイベントのためか、今回泰生は照明デザイナーや映像クリエイター、他にも数名のプロフェッショナルたちとちょっとしたチームを作って演出仕事に臨んでいる。個性の強い、国籍も年齢もさまざまな彼らの話を、潤も泰生から面白おかしく聞かされていた。

実際、泰生が演出の仕事を始めたのはここ一年ほどの話らしく、モデルの仕事も忙しくてそれほど数もこなしていないと聞く。そんな泰生に、フランスのトップブランドがプロデュースを依頼するというのは、その数少ない仕事がずば抜けていたからだろう。

「すごいですね。そんな大きなパーティーのプロデュースを任されるって」

さすが泰生だと潤は嬉しくなる。

この夏日本で友人の花屋の一周年イベントを演出した際に潤もその仕事ぶりをほんのちょっと覗かせてもらったが、アイディアもデザインもその手法も人の高揚感《こうようかん》を煽るのが抜群に優れているように思う。泰生の演出に潤はいつだって胸が高鳴った。

そんな泰生が自分の恋人で、今隣を歩いている。それは本当はすごいことなのではないかと潤は思った。恋人としても同じ男としても憧れる泰生とともにあるのが誇《ほこ》らしい。

「へへへ……」

「──キラキラした目ぇしやがって。何考えているか丸わかりだぜ」

隣で泰生が苦々しく呟いた。あっと潤が仰《あお》ぐと、じろりと睨んでくる。

泰生は面と向かってほめられるのが少し苦手だ。特に潤が言うと天然パワーでむずむずが三倍増しになるから絶対口にするなと放言して憚《はばか》らない。

だから自分は今口を閉じているのに、態度にまで文句を付けられるのは少し心外だ。

「泰生がかっこいいのが悪いんじゃないですか」

むくれて潤は小さな声でぼそりと吐き出した。このくらいの反撃は許されるだろう。

てっきり何か言われると思ったのに、頭上からは小さな笑い声が聞こえてくる。不思議に思って潤が斜《なな》めに視線を上げるのと、泰生が懐に抱き込むように腕を回すのが一緒だった。

「ったく、可愛いぶすくれ方しやがって」

囁きのあと、潤の唇にリップ音とともに温かいものが押しつけられる。

「っ……」

すぐに解放されたが、潤は呆然と泰生を見上げた。

今自分は何をされたのだろう。

そっと唇を指で擦ってみる。

キス、された……？

それに思いいたると、カッと顔が燃え上がるような気がした。まだ潤の肩を抱いたままだった泰生を思いきり突き飛ばすとガツガツと歩き出した。

「おいこら。何ひとりで先に行ってんだ」

信じられない、信じられない、信じられない――――っ。

大勢の人が通る道のど真ん中でキスをするなど絶対ありえない。

後ろから呼びかけてくる泰生を無視して潤は地面を踏みつぶす勢いで歩き続ける。

「潤、潤くん、潤ちゃん、じゅーん」

しかも、そんな甘やかすような声で呼ぶのも反則ではないかっ。

通りを曲がってようやく潤は歩調を緩《ゆる》める。早足のせいで潤は息が上がっているのに、泰生はのんびりとついて来ている感じなのもムカついた。覚悟を決めて立ち止まると、きっと泰生を振り返った。

「泰生はどうしてあんなことをするんですかっ」

「あんなことって？」

石壁に手をついて、泰生がニヤニヤと見下ろしてくる。薄手のパーカのフードを被り、こぼれ落ちてくる黒髪が端整な顔にかかるさまは、シャンゼリゼ地区に建ち並ぶハイメゾンショッ

プのアート広告のようだ。いや、実際泰生の広告はあるらしいのだが。

「キッ、キスですよっ」

怒ってるんだという態度を崩さず、潤が精一杯平常心を装って指摘したのに、泰生の笑みは深まるばかりだ。

「こんな人が通る場所でキスなんかしないで下さいっ。いくら外国で知っている人がいないからって、泰生には良識ってものがないんですか」

「良識より愛が勝ったんだから仕方ないだろ。ここは愛の街パリだぜ？」

「な、そっ……」

「ほら、あっちでもやってる」

顎でしゃくる泰生につられて視線を向けると、通りの真ん中で抱き合って熱烈なキスを交わしている男女がいた。その横を人々は何でもなさそうに通りすぎていく。あまりに大胆なキスシーンには潤もつい見入ってしまった。

「羨ましいなら、おれたちもやるか？」

あまりにじっと見すぎていたせいか、泰生がからかうように声を上げる。すぐに我に返って、潤は唇を震わせた。

「し…しませんっ。それからおれはフランス人じゃないし良識もきちんとあるから、いくらここが愛の街でも出来ないことは出来ませんっ」

「ケチケチすんなよ」

「ケチとかいう問題じゃないですっ」

「うわ。今の発言、潔癖《けっぺき》なチューガクセーみたいですげぇ可愛い」

「泰生っ」

潤はどこまでも真面目に言うが、泰生は笑いに弾けるばかり。最後にはうやむやにするように強引に肩を抱いて歩き出す始末だ。

「そうだよな。潤がフランス人だったらあんな初心《うぶ》な反応しないよな。日本人でよかったぜ」

潤は何だか力が抜けた気がして肩を抱く泰生の手に体を委《ゆだ》ねた。

以前に比べたら潤もずいぶん強くなって抗議も出来るようになったのに、泰生はそれ以上に口達者だ。加えて、潤をいなすことも上手い。しかも意地悪だから、わざと怒らせるようなことを言い、その上でのらりくらりと潤の怒りを交わすのだからタチが悪い。毎回乗せられてしまう自分も自分なのだが。

こういう時の泰生には本当に敵《かな》わない……。

「——まぁ、今回の大抜擢《だいばってき》をそんなに喜んでもらうと嬉しいけどな。でも、実際は運がよかっただけだぜ。新しく『ドゥグレ』のデザイナーに就任したサンドロとは元々友だちだったんだ、おれが持っている靴の三分の一はヤツが作ったもんだぜ。おまえのも、フォーマル用は全部あの男が作ったんじゃなかったか」

「今回フランスに持ってきてるモカ茶のストレートチップですか？」

「だな。あと、春のシャフィーク旅行のときにおまえが履《は》いてたコードバンのプレーントゥもだ。イタリア人のせいか、サンドロが作る靴はなかなかいいよな」

イタリア人だと靴作りが上手いのかと潤はふぅんと頷く。

「でも、友だちだからって理由だけで泰生に演出を頼むわけないですよね？」

「そこまでおれを信じ込まれると、何だかな……」

泰生は微苦笑してガリガリと頭をかいた。

「去年の春、パリでちょっとしたパーティーをプロデュースしたんだ。おれにとって初めての演出仕事だな。知り合い関係を三十人ばっか呼んで、まぁ、本当にお遊びみたいなヤツだったが。でも小さいパーティーだったから逆に自由にやれてさ、奇をてらった演出が思った以上に評判がよかったらしい。そのパーティーにサンドロも出席してたんだ。あれを見て頼みたいと思ったんだと。ほら、またキラキラし始めてるぞ」

「え、キラキラ？」

突然のセリフに潤が首を傾げると、泰生は物騒《ぶっそう》なことを口にする。

「その目。またキスをするぞって言ってんだ。今度はさっきのカップルに負けないような熱烈なヤツをやるぜ」

「えぇっ」

慌てて顔を俯《うつむ》ける潤に隣で泰生が声を出して笑っていた。

「――っと、あれが気になるな。入ってみるか」

泰生が、突然また小さなショップに入っていく。どうやらセレクトショップらしい。椅子やランプから文房具やアクセサリーまで、雑多なものがぎゅうっとつめこまれた店だ。

その中で泰生が気に入ったのは照明だった。といっても、アートオブジェに近いものだ。モビールに似た造形品だが、ピアノ線より細い針金の各所に小さな明かりが無数に瞬《また》いている。室内でもひときわ暗い場所に置いてあるためか細すぎる針金が闇にまぎれ、蛍《ほたる》の光ほどの極小の明かりだけが幻想的に浮かび上がっていた。

「へぇ、針金じゃなくてプレキシグラス？　違う、鋼《はがね》の糸か。んで、明かりはＬＥＤね」

「きれいですね。繊細《せんさい》ではかなくて、とても美しいです」

「ったく。恥ずかしいほどストレートな言い方はまったくもっておまえらしいぜ。さっきそんな風にほめられてたら地面に頭ぶつけてたな。でも、まぁ、これに関してはおれも同感だ」

憎まれ口を叩く泰生に唇を尖らせ、潤も一緒になって覗き込む。

「それは『アベル・ジョスパン』の作品ですよ」

話しかけてきたのはまだ若い店員だ。インテリっぽいメガネをかけた店員は、熱心に作品について説明してくれた。どうやら自分が発掘してきたアーティストらしい。

「先日、初めての個展を開いたんですがすごく好評で、これからどんどん有名になっていきますよ。他にも額縁の――」

早口のフランス語の上にわからない単語が幾つも出てきて、楽しそうな二人が何を話しているのか、潤にはほとんど理解出来なかった。おそらく、専門用語が多いのだろう。

ようやく潤にもわかる会話になったのは、すべてが終わったあとだ。

「あの、失礼ですが『タイセイ』ですよね？　今度『ドゥグレ』の新作発表会をプロデュースすると聞きました」

「――よく知ってるな、それほど公になっていないはずだが？」

「ぼくはモニカの友人なんです。モニカ・マルタン。ご存知でしょう？　今回、あなたのアシスタントをするって意気込んでましたし」

「ッチ。モニカか」

どうやら知り合いらしいと窺《うかが》うと、泰生は苦虫を嚙みつぶしたような顔をしていた。

珍しい、泰生にも苦手な人間がいるようだ……。

「本当は彼女こそが『ドゥグレ』のパーティーをプロデュースしたかったみたいですけどね」

「だろうな。ここ最近ぶつかってばかりだ」

肩をすくめる泰生に、インテリ風店員が同情の眼差しを送ってくる。目で会話し合っている様子は秘密を共有する親しい友人のようで、今二人の噂《うわさ》になっている女性はかなりインパクトの強い人だろうと想像がついた。

「実は、昨年の春にタイセイがプロデュースしたパーティーにぼくもモニカと一緒に参加してたんです。あの斬新《ざんしん》な演出には度肝《どぎも》を抜かれました。今度のイベントも楽しみにしています」

店員の声にずっと熱がこもっていたのは『タイセイ』のファンだったからしい。潤もそんな店員と一緒になって泰生へ熱い視線を送ってしまう。

「取りあえず、これは買いだな。なかなか気に入った、座敷牢にあっても楽しそうだ」

二人ぶんの眼差しを感じたのか、泰生は苦笑して蛍のような光をぴんと指先で弾いた。

「フロに入ったばっかなのに、そんなに汚れてどーすんだよ」

顔を上げると、バスローブ姿の泰生が呆れたように笑っていた。伸びてきた人差し指が潤の鼻の頭を撫でていく。見せられたその指には黒いホコリがこびりついていた。

「あ、待てっ。その手で拭いてもよけいに――……ったく、あーあ。もう一度顔を洗ってこい」

ため息をつく泰生に、どのくらい自分の顔は汚れたのかと潤は恥ずかしくなる。立ち上がろうとして、手に持っていた本の存在を思い出した。

「これ、見て下さい。こんなにきれいになったんですよ」

「へぇ、蚤《のみ》の市《いち》で買ったあの汚い本か」

幾分驚いたような泰生のそれに、潤は少し得意げな顔をする。

今日のデートで寄った蚤の市は、時間が悪かったのか店にはほとんど何も残っていなかった。それでも、古書を売っていた店舗で潤はアンティーク本を購入した。トランクの中で投げ売りされていた二冊だ。三ユーロ均一という格安で、ホコリにまみれ、汚れを被っている本に泰生は眉をしかめたが、潤は丁寧に拭けばきれいになるのではないかと思ったのだ。案の定、半時ほど磨《みが》いたせいか、二冊ともそれなりに見られるようになった。

アンティーク調の装丁《そうてい》が美しい本は潤のストライクゾーンど真ん中だが、表紙に大きな傷があるために今まで売れなかったのだろう。しかも鍵付きだが鍵は付属しておらず本も開けない。背表紙はきれいだからインテリアとして飾るぶんには問題ないとして、しかし、もう一冊の方も開いて驚いた。フランスの古書だと思って買ったのに、どうもイタリアのものだったらしい。

手と顔を洗ってリビングに戻ると、泰生もイタリアの本を手に苦笑している。

「何が書いてあるかわかりますか？」

「メディチ家の盛衰《せいすい》について、だな」

肩をすくめる泰生に、こちらもしばらくはインテリアになるだけの運命であるのを悟って潤はがっくりした。将来、イタリア語を修得出来たときにでも読んでみよう。

「――あ、そこに飾ったんですか。きれいですね」

リビングの奥に先ほどまではなかったものを見つけ、潤は声を上げた。今日買った照明オブジェが暗がりに瞬いている。夜のせいか、昼間見たとき以上に小さな光が繊細で美しい。

「パリだから出来上がったデザインだろうな、あれは。日本じゃ、こんな繊細な明かりは生まれないだろ。日本はどこもかしこも明るすぎる」

潤も同意して頷いた。春に行ったシャフィークでもそうだったが、日本と違って海外は蛍光灯を使わないため部屋が薄暗い。そのせいか、照明インテリアが発達しているように思える。今日回ったショップでも洒落《しゃれ》たライトやランプシェードを数多く見かけた。それでも、今リビングにある照明オブジェは間接照明にはなりえない微細な明かりだ。

「『おてんば妖精の足取り』って名前も可愛いですよね、その名の通り、小さな光の妖精がおてんばに飛び回っている軌跡《きせき》みたいです。触ると微妙に揺れるのも妖精の足取りそのものですよ。四百個の電球を使ってハンドメイドでこれを作ったなんてすごいですね」

「おれ以上に潤が気に入ったみたいだな。しかもずいぶんロマンチックじゃねぇか」

「泰生だって、名前を聞いたときにうなってたじゃないですか。おれ、聞きましたからね」

「ッチ、生意気になりやがって。言うようになったな」

意地悪そうな目つきの泰生が手をわきわきさせて近付いてくる。そのいやらしいような手つきに、捕まったら大変なことになると潤は慌てて逃げかけた。

「わっ」

しかし一歩後ずさったところでテーブルに足を引っかけてしまい、潤は危うくテーブル共々倒れそうになった。泰生が間一髪で抱きとめてくれて、ホッと胸を撫で下ろす。

「悪ぃ、大丈夫だったか。あーあ、こっちは無事じゃなかった――…」

拾い上げたアンティーク本を手に、泰生が言葉を途切らせた。

「どうしたんですか？　あっ」

見ると、鍵付きアンティーク本の鍵が今の衝撃で壊れてしまったらしい。そのせいで、いやそのおかげで、本を開けるようになっていた。表紙にも題名は記載されておらず潤も何の本かはわからなかったため、ページをめくる泰生の横からワクワクして覗き込んだ。

「あれ、中身は白紙だったんですか？　あ、手書きの……フランス語？」

「どうやら日記帳のようだ、ほらここに日付がある」

「えーと、ちょうど四十年前のものですね」

中のページはすっかり黄ばんでしまっていた。四十年の歴史を感じる。

「それにしてもフランス人にしては珍しくクセのない字だな、しかもお手本のようなフランス語で。あぁ、なるほど――」

「泰生？　何がわかったんですか」

何がなるほどなのか。日記帳をめくっていた泰生に訊ねるが、潤がページの文字を追う前にパタンと本は閉じられてしまった。

「潤、これはおまえのフランス語の教材にしろよ。けっこう勉強になると思うぜ。パリのことも書いてあるようだし」

「でも……誰かの日記ですよね？　そんな他人の日記帳を読み解くなんてプライバシーに問題があると思うんですけど」

「大丈夫だろ。ここパリじゃ、誰かが書いたハガキだって普通にアンティークとして売ってるくらいだ。だいたい四十年も前のものなら、これを書いた人間が生きているかさえ怪しいところだ。もし生きているなら、日記からヒントになるものを見つけて届けに行けば案外喜ばれるかもな。亡くなっていたとしても、このまま埋もれるはずだった誰かの記憶をおまえこそが掘り起こしてやればいい。風化《ふうか》するだけだった自分の生きた軌跡に光が当てられるんだ。故人も感謝こそすれ、それを恨んで化けて出てきたりはしないだろ」

「怖いこと言わないで下さい……」

潤が小さく震え上がるのを見て、泰生は「へぇ」と片眉を上げる。

「潤はオカルトものに弱いのか。知らなかったぜ」

「弱くはないですっ。ただ、泰生の言う通り誰かの生きた軌跡が日記の中にあると思うと、ドキドキするというか」

「ま、そうだな。でも、実際のところこれは蚤の市で三ユーロで売られていた。で、それを買ったのは潤だ。だからこれはもう潤のものだし、これをどうするかは潤の自由でいいと思うぜ。そもそも読まれるのが嫌なら当人も手放さなかったはずだしな」

好きにすればいいと本を返された。

四十年前の誰かの記憶を自分が繙《ひもと》いていいのか、潤は本を見下ろしながら考え込む。泰生に唆されたわけではないけれど、四十年前にフランスで暮らしていた誰かの日常には確かに興味があった。まだ三日ほどしか住んでいないが、歴史ある華やかなこの街の昔の姿も見てみたい。そして、日記の人物がパリでどんなことを考えてどんな暮らしをしていたのかも知りたいと思った。本当に純粋な興味からだ。

それに、もし途中でやめた方がいいと思ったらその時にやめればいいし……。

「おれ、やってみます」

ソファに座って仕事の資料をめくっていた泰生は「いいんじゃね」と賛同し、言葉を継ぐ。

「少なくともこの世にひとりは生きていたことを知る人間が出来たってことだな」

そう考えると、違ったやりがいも生まれる気がした。今すぐにでもページを繰《く》りたくなる。

けれど誰かの記憶を辿るのだから、もっときちんと準備をしてスタートした方がいい気がする。

それが礼儀なんじゃないか、と。

明日、新しいノートを買ってこよう——。


〝パリに来て初めて買ったのがこの日記帳だ。私はこれをフランス語で綴《つづ》っていこうと思う。私のルーツを辿る日々が今日から始まるのだ〟

そんな書き出しでスタートする日記は今から四十年前の九月初旬に始まっていた。最後のページは十一月末のため、ほぼ三ヶ月ぶんの日々が綴ってあることになる。

昨日、泰生が日記を見たときに「なるほど」と口にした意味は、潤にもすぐにわかった。

日記の中の『私』は何とイギリス人で、パリに語学の勉強にやってきた青年だったのだ。お手本のようなフランス語だと泰生が言ったのはそのせいだろう。だから潤も訳しやすかった。

文章は文法通りだし間違った文や単語には必ず訂正が入れられていた。ずいぶん真面目で几《き》帳面《ちょうめん》な性格らしい。当人もこれを書くことでフランス語を勉強していたのだろう。

パリの街の美しさに潤と同じように感動し、日記の彼は何枚もページを使っていた。礼拝堂のステンドグラスの美しさに涙したりアールヌーボー様式の曲線の優美さに胸が震えてしばし動けなかったり。ただ食に質素なイギリス人らしく、フランスの食事は贅沢だと何度も記されている。カフェ文化は気に入ったとも。

日記の彼はイギリス人だが母親がフランス人らしく、両親が共に事故で亡くなったのを機にパリに出てきたらしい。そのせいか、パリに来た当初は母親が話してくれたという書店やカフェをずいぶん散策《さんさく》しており、潤も今度同じルートを歩いてみたいと思ったくらいだ。

気付くとずいぶん長い間日記と格闘していたらしく、顔を上げると何だかフラフラした。

「根をつめすぎたかも……」

まるで物語を読んでいるようでつい夢中になって日記を繙いていた。わからない単語はそのたびに辞書を引いたり、それでもわからない文意に何度も頭を悩ませたりするため、日記の翻《ほん》訳《やく》はそれほど進んでいないが、その一連の作業が潤にはとても楽しい時間だった。以前ネットで泰生の記事を探して、夢中で翻訳したときのことを思い出す。

やっぱりこういうのって好きかも……。

「そういえば、日記にあったカフェは近くだったな」

それを思い出すとがぜん行きたくなった。疲れたから休憩《きゅうけい》がしたいし、パリのカフェにも一度入ってみたかった。潤は時計を見て立ち上がる。

「カフェでゆっくりコーヒーを飲んで、のんびり散歩すれば丁度いい時間になるかな」

今日の夕食は外で取る予定になっていた。何でも、泰生が知人を紹介してくれるらしい。泰生の仕事上の関係者だというその人は、アパルトマンの所有者でもあるという。

こんな部屋を持っているってどんな人だろう。

潤には想像がつかなくて、話を聞かされたときからドキドキしていた。それというのも、ここが超が付くほどの高級アパルトマンだからだ。

春のシャフィーク旅行のあと、泰生は潤に対して特に過保護になっていた。親しいはずだった泰生の知人によって潤が攫《さら》われ危険な目に遭ったせいか、ことさら神経質になっているようだ。自分を取り巻く環境に潤が関わるのを特に嫌がる。トップモデルとして名声を得ているだけに、泰生には敵も多く、いわば弱点である潤に魔の手が伸びるのを怖れているのだろう。

今回のフランス行きも実際泰生はずいぶん迷ったらしい。それでも、今後泰生は海外に拠点《きょてん》を置こうとしていることや、潤も海外に興味があるのを知り、潤自身が海外に慣れることは必要だと思ってくれたようだ。

しかし、それゆえ潤のパリ滞在はかなり仰々しくなった。その第一がこのアパルトマン。部屋に入るために幾重ものセキュリティがあり、さらにはエントランスにガードマン兼コンシェルジュが二十四時間待機するというパリでも有数の高級アパルトマンだ。近くにはカフェやショップが幾つも点在し、それでいて教会や公園も豊富だという静かすぎも騒がしすぎもしない好立地。さらには、夜になっても人通りが多いというのも泰生が重要視した点らしい。

そんなアパルトマンを借りるのは相当大変だったはずだが、泰生は潤の安全と自身の心の平穏が金で買えるなら安いもんだと言う。潤としては、少し心苦しかったが。

「これにジャケット、と……何だかちょっと制服みたいだ」

先日八束がプレゼントしてくれたスーツは、もう見ることのない潤の制服姿を惜しんでくれたのか、以前着ていた制服と感じがとてもよく似ていた。それでも柔らかい素材と洗練されたデザインのおかげで鏡に映る自分は少しだけ大人っぽく見える。

ドレスコードがあるようなフレンチレストランでのディナーは緊張するが、スーツ姿を見ると大人の対応が出来そうな気がしてきた。

「よしっ」

気合いを入れるように声を出して部屋を後にする。

日記にあったカフェは大勢の人で賑わっていた。どうやら有名な店だったらしく、日本人観光客の姿もチラホラ見える。時間帯がちょうどティータイムと重なったためか、通りに面した席はもちろん店内もほとんどが埋まっていた。潤には華やかすぎる店の雰囲気も相まって、ここでのカフェ体験は早々に断念する。ちょうど行きがけにあった日本でもなじみ深いコーヒーチェーン店でテイクアウトして、近くの公園へ足を向けた。

今日は八月の終わりにしては風がひんやりと冷たく、スーツを着ていても少し肌寒い。もしかしたら間もなく雨が降るのかもしれない。どんよりとした空模様だが、それでも公園は多くの人で賑わっていた。

大きな公園のため、いたるところで家族連れや恋人同士が芝生でくつろいでいる。一時間に一度上がるらしい噴水のタイミングに訪れたようで、水しぶきに子供たちの歓声が上がっていた。そんな楽しげな風景を眺めるだけでも十分くつろげた気がする。

今日会う人は気難しかったりするのかな。

美しい遊歩道をしかめ面で歩いている五十代くらいの男性を眺めながら、フランス語での初対面の挨拶の仕方を思い出してみる。

近寄りがたそうな人だったとしても、自分は上手く会話が出来るだろうか。発音は通じるだろうか。先日のマルシェで自分のフランス語に少し自信は持てたが、泰生の知人ともなると失敗は出来ないとプレッシャーに胃が痛くなりそうだ。

泰生は気軽に構えてろと言ったが、それは誰とでもフランクに話せる泰生だからで、何ごとにも生真面目に向かい合う自分が初対面の人間と気安く話すなど出来そうになかった。

時計にちらりと視線をやり、カップに残っていた最後のコーヒーを飲み干す。周囲は明るいがもう夕刻という時間、温かい飲みものもなくなったせいかひんやりというより少し寒くなった気がしたが、これから泰生と待ち合わせる場所まで歩いて行くつもりなのでこのくらいでちょうどいいだろう。

石畳をカツカツと靴音を響かせて行くと、先ほどベンチ前を通りすぎた男性が歩いているのに気付く。杖《つえ》をつき、少し足を引きずるように歩く姿がなぜか危なっかしく見えて、潤は歩調を緩めた。そのタイミングで、男性が石畳に杖を引っかけて転んでしまう。

「大丈夫ですかっ」

慌てて駆け寄った潤は思わず日本語で声をかけてしまった。すぐにフランス語に直して、もう一度声を上げる。白けた銀髪をきっちり後ろへ流した男性は、癇性《かんしょう》を思わせる顔に苦痛の表情を浮かべて脚を抱えていた。

「大丈夫ですか？　どこかケガをされましたか？」

「触るなっ。きさまらにくれてやる金など一ユーロも持っとらんぞ」

メガネ越しに青灰色《せいかいしょく》の瞳できつく睨み上げられ、潤は体が固まる。どうやら親切ごかしにた。


強盗をする輩《やから》と間違えられたらしい。無害そうな潤の風貌《ふうぼう》に気付くと、男性も少し口調を改めた。

「大丈夫だから構わず行きなさい。いつものことだ。君が気にすることではない」

犬でも追い払うように手を振られ、潤は困惑して男性を見下ろす。男性もゆっくり立ち上がって歩き出したが、またすぐに転んでしまった。どうやら、右足がうまく言うことをきかないらしい。それを見て、潤は心を決めた。

「ムッシューはどこまで行かれますか？　よかったら送ります」

「君は――」

転んだときに落ちたメガネを拾って、潤は勇気を持って男性に近付く。たどたどしい潤のフランス語を聞いて、男性もようやく考え直してくれたのか、疲れたようにため息をついた。

「そうか、では、君に頼もう」

自分の言葉が通じたこともそうだが、手伝いたい気持ちが届いたことも嬉しかった。

潤は痩せた男性に肩を貸し、ずいぶんゆっくりとしたペースで歩き出した。見ていると、右足は小さく痙攣しているようだ。

「若い頃の事故でひどいケガをしたんだ。今でも季節の変わり目や今日みたいに少し寒い日はひどく痛む。温めるとずいぶん楽になるんだが、言うことをきかない体は恨めしいな」

フランス語が不得手で人見知りの気もある潤だったが、男性もあまりしゃべる方ではないようだ。しかも今は足の痛みでさらに口が重かったが、それでもぽつりぽつりと話をした。

「助かったよ、もうここまででいい。君は帰りなさい」

しばらく歩いたところにあるアパルトマンの前で、男性がようやく小さな笑みを見せてくれた。が、その顔は痛みに歪《ゆが》んだままだ。何階に住んでいるのだろうか。そこまで上がれるのか。誰か一緒に住んでいる家族がいて、その人が助けてくれるならいいが。

「もしよかったら、部屋まで送ります」

おずおずと言った潤のセリフに、男性が片眉を上げる。

「どこかに行く途中ではなかったのか」

訊ねられ、潤はハッと泰生との約束を思い出した。が、腕時計を見て迷ったのは一瞬。すぐに大丈夫ですと首を振る。泰生には遅れると連絡しよう。このまま男性を放り出して後からどうなったかと思い悩むよりずっといい気がする。

「そうか。だったら君の好意に甘えよう」

男性の部屋はフランス式で三階、日本で言うところの四階だった。この足で階段を四階まで上がるのは大変だっただろう。手伝えてよかったと潤は心底思った。

ここまで来たのだからと、そのまま男性に肩を貸して部屋の中まで入る。窓際のソファに男性を座らせると、潤もホッと息をついた。しかし男性はずいぶん顔色が悪い。

「キッチンをお借りしていいですか？　タオルを温かくしてきます」

足をさする男性が指で場所を指し示したので、ソファの横にあったタオルを取ってキッチンへと向かう。湯を沸かしていると、ポケットの携帯電話が鳴って慌てた。見ると、泰生からだ。

『潤？　今どこだ』

気付くと、もう待ち合わせの十分前だった。いつもは潤の方が待ち合わせ場所に早く着いているため、異国という場所柄、泰生も心配したのだろう。

「すみません、連絡をしなくて。あの、少し遅れそうです」

『道に迷ったのか？　迎えに行くぜ』

苦笑する声に潤は言おうか言うまいか迷ったが、ここは正直に現状を告げる。

『おいマジかよ……』

話を聞いて、泰生は絶句したような複雑な声を上げた。

「すみません、心配をかけて。でも大丈夫です。泰生は先に行っててくれませんか？　おれもすぐに駆けつけます。確か、お店は『ル・グラン・ヴァテル』でしたよね？」

事前に二人で待ち合わせて店に向かう予定だったが、こうなったら現地集合の方がいいだろう。レストランの場所は、先日泰生とデートしたときに確認済みだ。

『それはいいけど。でも、何やってんだ、おまえ。ひとりのときにムチャやるなよ』

「ムチャじゃなかったです。本当に放っておけなくて……」

『あー、ったく。やっぱ、最初からおれがアパルトマンまで迎えに行けばよかったか』

泰生の声はずいぶん苛立っている。今どこにいるかとも問われ、潤は住所がわからず言えなかったが、泰生も見知っている噴水公園から十分程度の場所だと答えた。通りすぎたショップの幾つかを上げると、ようやく泰生が小さく息をつく。その辺りなら大丈夫だろう、と。

『わかった、先に店に行ってる。いいか、そいつを送り届けたらすぐにタクシーに乗れ。店の前まで乗りつけろ、いいな？』

最後に店の名前と場所を覚えているか何度も確認されて、泰生との電話は切れた。

心配させたなと思ったが、火にかけたケトルが蒸気を上げていて、すぐに気持ちを切り替えた。ほかほかの温タオルを作り、先ほど男性の手がひどく冷たかったのを思い出し、おせっかいとも思ったがテーブルにあったインスタントコーヒーを入れてリビングに戻る。

「ムッシュー、どうぞ」

ぬれないようにビニールで巻いた温タオルを渡し、テーブルにコーヒーカップを置いた。

「ありがとう」

温タオルを足に乗せ、男性はホッとした顔で礼を言う。

堅苦しいくらいきっちりとスーツを着こなした長身瘦軀《そうく》の男性は、偏屈《へんくつ》そうな表情の下に思いのほか整った容貌があるのに潤は気付いた。しかし、厳《きび》しそうな眼差しや角張った銀縁メガネのせいかひどく険相な雰囲気が先に立つ。

コーヒーも飲み、その端整な顔に赤みが差したのを見て潤も安堵の息をついた。

初めて入ったフランス人の部屋は、驚くほどシンプルだった。エスプリの効いたインテリアグッズであふれる空間と思っていたのに、部屋を占めていたのはたくさんの本。家で仕事をすると言っていたから、ここが住居兼仕事場なのだろう。

感じのいい部屋だと潤が思ったのは、どうやら家主と趣味が似ているかららしい。壁を飾る落ち着いたアンティークポスターを見てそれを思った。

しかし同時に、自分が名乗っていなかったことも思いついて慌てる。

「あの、自己紹介をさせて下さい。橋本《はしもと》潤と言います、日本の大学生です」

「大学生？　君が？」

やはりここでもひどく驚かれて、潤はしんなりと眉を下げた。

「フランスには観光で来ているのか？」

「いえ。か…家族が仕事でフランスに滞在することになったんです。おれはそれに便乗《びんじょう》した形です。フランス語を勉強したかったので」

潤が言うと、男性は少し懐かしそうな顔をした。

「そうか、フランス語の勉強か。私がパリにやってきたのもそれが理由だったな」

どうやら男性はフランス人ではなかったらしい。ここフランスは移民を受け入れるコスモポリタンな国だったことを潤は思い出す。そういえば、日記の中の彼もイギリス人だったか。

「私はベルナールだ。翻訳の仕事をしている」

ベルナールはそう言って手を差し出してくる。

「はっ…初めましてっ、ムッシュー・ベルナール。お近づきになれて光栄です」

焦《あせ》って顔を真っ赤にし、潤はその手をそっと握る。シワも目立ち始めたかさついた手だ。が、とても温かい手だった。

「ふむ、文法通りでよろしい。発音も悪くない。フランス語を勉強するなら、とにかく会話をすることだ。街に出て、たくさん人と話しなさい。どのくらい滞在するかは知らないが、君だったらすぐに上達するだろう。フランス語で日記を書いてみるのも手だ。精進しなさい」

「はい、ありがとうございます」

語学を修めた人の言葉に潤は大きく頷く。その反応に、ベルナールはくすぐったそうに肩をすくめた。気付けば、ベルナールの気難しそうな雰囲気はずいぶん和らいでいた。

「もう私は大丈夫だ。君は行きなさい、約束があるのだろう?」

「あ、そうでした」

時計を見ると、タクシーで行っても少し遅刻かもしれない。潤は慌てて別れの挨拶をして歩き出そうとするが、ベルナールが何かを思いついたように呼び止める。

「さっき電話していたのが聞こえたんだが、君は今から『ル・グラン・ヴァテル』に行くのか?」

リビングにまで聞こえたのか。泰生とは日本語で話していたが、レストラン名はベルナールも聞き取れたのだろう。人の家で電話をしたことに礼儀を失した気がして潤は恥ずかしくなるが、ベルナールが言いたかったのはそういうことではなかった。

「レストランまではどうやって行くつもりだ」

「タクシーを捕まえるつもりです」

潤が答えると、やはりなとベルナールは相づちを打つ。

「今の時間帯、タクシーは捕まらないだろう。しかも今日は金曜日だ。タクシー乗り場は裏通りにあるが、タクシーを待つよりここからだとバスで向かった方が早いはずだ」

ベルナールはレストランまでの行き方を丁寧に紙に書いてくれた。潤は礼を言って、今度こそアパルトマンを後にした。

試しにとタクシー乗り場で少しだけ待ってみたが、ベルナールの言う通りタクシーはまったく来なかった。運よくバス停は近くだったため、ちょうどやってきたバスに飛び乗る。バスの中で、泰生に今からレストランへ向かう旨のメールを入れた。すぐに泰生から返信があったのは潤からの連絡を待っていたからだろう。

上がった息を整えて、約束より十分ほど遅れてレストランのドアをくぐると、泰生はまだウエイティングスペースにいた。タイトなスーツにホリゾンタルカラーのシャツで決めた泰生に、周囲の人間もトップモデルのタイセイと気付いているのか熱い視線を送っている。

「すみません、待っていてくれたんですか」

「フランス人を相手に約束するときは、だいたいいつもこんなもんだ」

肩をすくめる泰生の説明に、今回は時間にのんびりなそのフランス気質に助けられたと潤はホッとした。それからそう待たずに泰生の知人はやってきた。

「こんな少女みたいな子を恋人にするなど、タイセイはちょっとひどいんじゃないか」

ふっくらとした顔ににこにこと笑顔を浮かべて現れたのは、『おじいちゃん』と言った雰囲気の高齢の男性だった。金髪に空色の瞳の持ち主で、若い頃はさぞや甘い美貌の貴公子だったろうと思わせる風貌だ。今は貫禄のある長軀に格子柄《こうしがら》のダブルスーツがよく似合うダンディなおじいちゃんだ。ネクタイやポケットチーフといった細部にまで洒落っ気を忘れない姿はさすがフランス人と言ったところか。いや、ファッション業界に身を置く人間だからかもしれない。

「勝手におれをロリコンにするなよ。少女じゃなくて、こいつはもう大学生だ。んでもって、ちゃんと男だぜ。ほら、潤。挨拶しろ」

泰生に促され、潤は声を大きくして自己紹介をする。先ほどベルナール相手に一度行ったためか、ずいぶんスムーズに挨拶が出来た気がした。

「僕はギョーム・イヴォン・ド・シャリエ。タイセイのフランスでのおじいちゃんだ。ジュンも僕のことはおじいちゃんと呼んでくれて構わないよ。ビズは大丈夫かな?」

ギョームに訊ねられ、潤は心持ち緊張して頷く。大きな体にハグされたあと、両頬に代わる代わる小さなキス――ビズをされた。フランス人の挨拶だ。潤にとって初めてのビズに胸がドキドキしたが、隣の二人は親しげな言い合いへと突入していた。

「何がおれのおじいちゃんだ。勝手におれのジジイに立候補するなよ」

「いいじゃないか。きかん坊のタイセイが次に何をしでかすか、僕は楽しみにしているんだ。寂しい余生を送る老人にそのくらいの娯楽を与えてくれてもいいだろう」

「だから、誰が寂しい余生を送ってんだよって。ギョームは今でも現役バリバリに『ドゥグレ』でトップ張ってんだろうが。しかも、六十五すぎで余生とか言えるか」

泰生の言葉に潤も反応する。『ドゥグレ』と言えば、泰生が今度プロデュースするパーティーの主催者だ。思わぬところに繋がったが、『ドゥグレ』はフランスでも有数のハイメゾン。そのトップと気安くしゃべるのはすごいことなのではないかと、潤はまじまじとギョームを見つめた。潤の視線を受けて、しかしギョームは表情豊かに肩をすくめる。

「トップじゃないよ、お目付役といったところだ。もう引退しようと思っているのに、周りがやいやい言ってくるから仕方なく続けているだけだ。僕はのんびりしたいといつも言っているのに。だから、ジュン。僕のことはただのおじいちゃんだからね」

かっこいいおじいちゃんなのに、言うことは可愛いなぁ……。

自分にも祖父はいたが、こんなフランクにしゃべることは出来なかった。いつも機嫌が悪そうなしかめっ面で、潤を見ても無視をするか、難癖《なんくせ》をつけて追い払うだけ。祖母ほど苦手ではなかったけれど、決して好意を持つということはなかった。

だからギョームのような男性に『おじいちゃん』と呼んでくれなどと言われると、複雑な気分ながらもやはり嬉しい。泰生の仕事上の知人で、今潤たちが住んでいるアパルトマンの所有者と聞いて力んでしまっていた肩から、すっと力が抜けていくようだ。

食事の席に案内されてもギョームの明るくておちゃめな人柄のおかげか、潤もすっかりリラックスし楽しい夕食となった。

「んで、潤が助けたって言う老人は本当に足が悪かったんだろうな？　ただのナンパじゃなかったか？　フランスは愛の国だから老人といえども油断ならねぇんだ」

食事の席でまず泰生がフランス語で訊ねてきたのはそんなことだった。ギョームも興味津々の顔で潤を見つめてくる。

「その、老人というほど年を召された方ではなかったんですが、でもムッシュー・ベルナールは本当に体調が悪かったんです。昔、事故にあって足を痛めたらしく、今日みたいな寒い日は具合が悪くなるそうで」

「ジュンは人助けをしたのかい？　えらいね」

潤は大学生で、フランスで言うともう酒も飲める年なのに、ギョームからすればまだまだ小さな子供に見えるらしい。そのため、先ほどから子供に話しかけるような言葉遣いで話しかけられている。泰生は苦笑しているが、潤はギョームの好意が伝わってくるせいか今回ばかりは嫌な気はしなかった。それに、フランス語を聞き取りやすいようにゆっくり話してくれることもあって、とても助かっている。

そんなギョームと泰生に促され、潤は先ほどのベルナールとの出会いを話した。泰生とフランス語で会話するというのも変な感じだ。ギョームは潤の話をにこにこと聞いてくれていた。

「へぇ、翻訳家ね。面白い人間と出会ったな」

「またどこかで会えればいいんですけど。ムッシュー・ベルナールも昔パリに語学の勉強にやってきたらしいんです。体調がいいときにお会いしたら、少し話も出来るかなって」

「――彼はどこの国の出身なんだい？　フルネームは何と言うんだ？」

潤の言葉の何に反応したのか、わずかに眉を寄せてギョームが身を起こした。潤は不思議に思いながらもその問いには知らないと応える。そういえば、フルネームも聞かなかった。

「彼は『バーナード』とは言わなかったかい？　『ベルナール』ではなく」

「いえ、ベルナールだと自己紹介されましたが」

「そうか。そうだな……」

ため息をつく顔には、それまでの明るい雰囲気とは違ってほんの少し翳りが見えた。

ギョームにとって『バーナード』という人との間に何かあるのだろうか。『ベルナール』の英語読みが確か『バーナード』だったはずだが。

泰生に視線をやると、小さく肩をすくめている。どうやら、泰生はわけを知っているらしい。

が、泰生が口にしたのは別のことだった。

「んで、そろそろギョームの感想を聞かせてもらってもいいはずだ。潤はあのアパルトマンで暮らすに値するだろう？」

「――ここでそれを聞くのか？　僕がどんな感想を言うかもわからないのに。タイセイは恋人にも厳しいのは変わらないね。それとも、それほどジュンのことを見込んでいるのかい」

「後者だな。潤が、ギヨームのお眼鏡《めがね》にかなわないわけがない。好きだろ、ギヨームは。潤みたいに一生懸命に前向きに生きる人間が。何たって、生意気だと業界で総スカン食らっていたおれのパトロンになったくらいのもの好きだし」

わけのわからない話に潤は目を丸くする。しかも、パトロンって何だろう。

「ジュンは知らないのか。タイセイは今でこそトップモデルにまで登りつめているが、ヨーロッパに来た当初、どのメゾンでも相手にされなかった時期があったんだよ」

「ええっ」

「まぁ、最初は誰でもそうだよ。モデルになりたいとやってくる人間など星の数ほどいるからね。しかもおよそ日本人らしくない日本人で、生意気で、媚びもせず、やけに主張は強くてね。けれどタイセイの言うことがどれだけ正しくても、ぽっと出の新人モデルがそんなんじゃ総スカンを食らったっておかしくない。なまじ、タイセイがモデルとして魅力があったから反発もひどかったんだろうが」

「ギヨーム、よせよ」

泰生は嫌そうに鼻の頭にシワを寄せるが、潤が聞きたそうにしているのを見てか、ギヨームは話を続けてくれる。

「でも、タイセイはそれを貫き通した。僕はそれが楽しくてね。ちょっとした手伝いをしたにすぎないんだ」

「よく言うぜ。自分の影響力をギョームはよく知ってるくせに。『ドゥグレ』のトップが後ろ盾《だて》についたら皆がどんな反応をするのか、わかった上でおれを構い倒してただろ。ま、実際助かったから礼は言うけど」

そうか。泰生にとってギョームは恩人なのか。だから、先ほどから泰生も身内を前にしたときのように感情豊かなのかもしれない。

泰生に、反発されたり総スカンを食らったりした時期があったなど初耳だ。いつだって大勢の人間を従えている泰生しか知らなかったから何だか不思議な感じがする。けれど、泰生が泰生らしくあるがゆえに今の栄光を手にしたという話を聞くのは楽しかった。

「何にも出来ない人間が大口叩いているのなら誰も相手にしないが、タイセイは言うだけのことはするし実力もあったからね」

「だーから、もういいだろ。そういうのは恥ずかしいんだって」

わざと作っているようなしかめっ面の泰生に、潤は口元が緩んで仕方なかった。

「それで、さっきの質問の答えはどーなんだって？」

強引に話を軌道修正する姿を見て、ギョームまで笑いに弾けている。

あれ。さっきの質問って何だっけ？

潤は考え込むが、自分があのアパルトマンで暮らすに値するかというとんでもない質問をされたことを思い出して頰をこわばらせた。どうしてそんなことを聞くのかわからないが、ギヨームがどんな評価を下すのかはそれ以上に恐ろしい。そして、その結果何がどうなるかも。おそるおそるギヨームを見つめると、潤と視線を合わせた彼はにっこり笑んだ。

「私は人を見る目だけはあるんだ。昔一度失敗したからね、それからは決して間違わない。さっき人を助けた話を聞いて確信を深めたね、ジュンはステキな紳士だって」

「へぇ、ステキな紳士？　潤を子供扱いして、人を見る目はある、ね」

泰生の揶揄をギヨームはすました顔でかわしている。悪い評価ではなかったことに潤はホッとするが、ギヨームの話はそこで終わりではなかった。

「それに、フランス語を勉強してまだ数ヶ月も経っていないと聞くのに、もうこんなに会話が出来るんだ。ずいぶん努力したんじゃないかな。私はそういう人間が大好きなんだ」

手放しでほめられて顔が真っ赤になる。先ほどの泰生もこんな気持ちだったのかもしれないと思うと、あの時フォローに回ればよかったと少し反省する。先ほどのお返しとばかりに泰生はにやにや笑うばかりだ。

「ってことは、おれの勝ちだな？　よっしゃ」

ガッツポーズを作る泰生に、潤は眼差しで事情を問うた。

「ギョームにパリでのアパルトマン探しを頼んだら、色々候補は出されたけどどうも納得いくとこがなくてさ。だったらと最後に出されたのが今住むアパルトマンだ。家賃はべらぼうに高かったけどものはいいから即決したら、ギョームが家賃に関してある条件を出してきた。あそこでおれと一緒に住むおまえが、ギョームのお眼鏡にかなったら家賃はタダにする、とな」

「ええっ⁉」

あの高級アパルトマンの家賃がタダ？

驚く潤に、ギョームは何でもないことのように説明してくれる。

「あそこは普段人に貸さないアパルトマンなんだ。たまに短期滞在する知人に貸すだけでね。だから、あそこでの家賃収入はまったく考えてないし、ジュンも気にしなくていいよ。タイセイに告げた家賃の額も相場を言っただけにすぎない。タイセイの恋人を僕が気に入らなかったら、家賃は倍額払ってもらおうと思っていたけどね」

「倍額――」

それもすごいが。

最初から勝ちが見えていたとうそぶく泰生は、機嫌がよさそうにワイングラスを傾けている。

しかし対するギョームもにこにこ顔なのは潤も不思議だった。

いくらギョームが資産家でも、泰生を気に入っていても、家賃をタダにするというのは行きすぎではないだろうか。潤は少し心配になったが、どうもその辺は文化の違いらしい。困惑する潤に気付いたのか、苦笑しながら泰生が説明してくれた。

ギョームは昔から若手クリエーターを支援する活動をしているという。若者が何かに一生懸命打ち込む姿が好きで、今も数人のクリエーターのパトロンをしているらしい。そんなギョームだから泰生のことも応援したのだろう。どうやら、ヨーロッパでは昔からパトロン文化が発達していて、今回もギョームにとっては同じようなものらしい、と。

ギョームは潤が想像する以上に資産家のようだ。後で知ったのだが、フランスのトップブランド『ドゥグレ』の会長という以外にも幾つかの会社や不動産を所有し、しかもフランス革命以前は男爵《だんしゃく》の地位にいたという元貴族の生まれ。フランスでは知る人ぞ知る存在らしい。

だからこそ、潤には思いもよらない太っ腹なことも出来るのか。

そして、泰生がそんなギョームを潤に紹介した別の理由も教えてくれた。

「潤、おれと連絡が取れないときに何かあったらギョームを頼れ。フランスでおれ以外にもおまえに頼れる人間がいると思うと、おれも安心だしおまえにとってもいいと思う。ギョームにも話はつけているから」

フランス語で告げられたそれに、向かいの席でギョームも肯定《こうてい》してくれる。

自分は泰生には守られてばかりだな。

もちろん泰生の気持ちは嬉しいが、春に行ったシャフィーク旅行でトラブルに巻き込まれなければ、泰生にここまで気を遣わせずに済んだのではとほんの少し後悔がこみ上げてくる。

しんなりと眉を下げたまま、お世話になりますと頭を下げた。


「メル友？」

メールを打つ潤の傍《かたわ》らで、泰生が素《す》っ頓狂《とんきょう》な声を上げる。

泰生に紹介してもらったギョームとは、今ではなぜかメールを交換する仲だ。緊急事態のためにギョームに繋がるホットラインを教えてもらい、メールアドレスも交換し合った翌日、さっそくギョームの方からメールがあった。そのメールで頼まれて、アパルトマンの中庭に咲くバラの花の写メをギョームに送ったあと、なぜかそんなちょこちょことしたメール交換が続いている。ギョーム曰く、私たちはメル友だね、と。

「信じらんね。『ドゥグレ』のトップとメル友なんておまえぐらいだぜ」

「泰生もぺぺギョームと親しいじゃないですか」

「親しいからって、そんな密な付き合いはしてねぇよ。潤はよほど気に入られたな。あのギョームから会ってしばらくして『ムッシューじゃなくぺぺギョームと呼んで』とか言われてたろ。気安そうに見えるけど、ギョームはあれでいて好き嫌いが激しんだぜ。好々爺《こうこうや》って面《ツラ》して、気に入らない人間はばっさり切り捨てる。あと仕事のときはさらに顔も変わるんだ」

顔も変わるって、それはさすがにないと思うけど。

「本気で潤のジジイに立候補するつもりかって感じだ」

ぺぺとはフランス語でおじいちゃんと言う意味だ。だから『ぺぺギョーム』だとギョームおじいちゃんといったところか。潤も最初はさすがに戸惑ったが、あのにこにこ顔で迫られると何だかとても弱かった。泰生に言わせると、それがギョームの手だというが。

「よし送信、と」

潤は長々かかったメールをようやく送ると、ホッとして泰生を見た。

「——それにしても、ずいぶんな量ですね」

最近、泰生宛てに雑誌やカタログ、資料などが山のように送られてくるようになった。どうやら泰生が演出の仕事をすることを聞いて、製品やアイディアを使ってくれとのアピールらしい。

泰生としても興味を引かれるものもあるらしく、たまりすぎたからといって十把《ぱ》ひと絡《から》げに処分することも出来ないようだ。しかも、今泰生は忙しくてろくに目を通す暇もなく、資料はたまっていく一方。リビングや書斎のあちこちに書類の山が積み重なっている状態だ。

「よかったら、ジャンル分けしましょうか」

インテリアやIT関連など多種多様なカタログの数々に自社製品が掲載されているのだろうデザインブックも幾つか。雑誌に関しては同じ雑誌が何冊もあるのを見つけた。

「そろそろ事務所を持つ時期か。面倒だが、こうも書類がたまるとどうしようもねぇな。仕事でも、たまにひとりじゃ手が回らないときがあるし」

自分が泰生の仕事を手伝えたらいいのだが、デザイン感覚に優れているわけでも泰生の突出した才能についていける有能さもないため、潤が何かしようと思っても仕事の補助どころか足手まといでしかないだろう。第一、まだ潤は大学生で知識も経験も不足している。

だから、せめて雑用だけでも手伝いたいと潤はせっせと資料を片付けていく。

資料の片付けを申し出たのは実はもうひとつ狙いがあった。

今の自分はとにかく語彙《ごい》が足りない。それは英語でもフランス語でも、そして日本語でもだ。特に泰生の仕事関係の言葉はなかなか接する機会も少なくて、先日のセレクトショップで泰生と店員が話している内容がわからなかったように、勉強の必要性を強く感じていた。もちろん業界の専門用語を知ったところで今の潤では使いようがないが、知っておいて損はないはずだ。

本当のところを言うと、今度泰生が誰かと話すときに内容が少しでもわかるようになっていたら楽しいのではという少々不純な動機からだった。

泰生の仕事関係の資料に触れるこの雑用は、だから潤にうってつけだ。

「泰生、同じ雑誌は一冊残してあとは処分してもいいですか？」

「付せんが貼ってあるのはその本を残しといてくれ。あと、変なメモや写真はぜんぶ処分だ」

「変な写真？　うひゃっ」

潤が声を上げたのは、デザインブックにしおりのように挟んであった写真を見たせいだ。金髪でグラマラスな女性が全裸でソファに横たわっている。胸に抱えている地球儀型のオブジェが泰生にアピールしたい商品なのだろうが、裏に手書きでメールアドレスが入っていた。

「それそれ、そういうヤツだ。よっと……」

泰生がデザインブックの間から写真を取り上げ、部屋の隅のゴミ箱へと投げる。ぐしゃりと丸められた写真は、きれいな放物線を描いてゴミ箱に落ちていった。

「たまに勘違いして送ってくるヤツがいるから、潤も変な気は回すなよ」

「――はい」

ユーモアとかじゃなく、あれは泰生を誘惑しようという意図なのか。あんな写真で泰生が揺らがないのはわかっているけれど、恋人はいつも誘惑に囲まれているのかと少しだけ落ち着かない気分になる。大変だなとか、気の毒だなとか、ほんのちょっとの心配も。

「しばらくはおれもこっちには取りかかれないから、潤ものんびりやってくれ」

あっけらかんと笑う泰生を見ていると、すぐにわだかまりも消えていった。

「はい。泰生もあまり無理はしないようにして下さいね」


「こ…こんにちは、ムッシュー」

マルシェが立つ日は曜日で決まっている。先日泰生とデートをした近くのマルシェに、今日は潤ひとりで訪れていた。

「おや、日本人のプチムッシューじゃないか」

プチムッシューというのは苦笑するところか、それとも抗議するべきか。引きつった笑みの潤に、店主は小さい子を前にするように身を屈《かが》めて視線を合わせてくる。

「今日はどうした？　この前の色男は一緒じゃないのか？　あれはいい男だったな」

「今日はひとりです。この前味見させてもらったプルーンがとても美味しかったので、買いに来ました」

「そうだろ、プチムッシューも気に入ってくれたか」

今日も店には木箱いっぱいのプルーンが並んでいる。それを見回し、店主が声を上げた。

「何がいい？　生食だったらやはりミラベルかレーヌ・クロードが人気だな」

ミラベルとレーヌ・クロードか。潤は発音を何度か口の中で繰り返し、一方を指さした。

「では、レーヌ・クロードを下さい」

つたないながらも店主と会話をしながら袋いっぱいのプルーンを何とか買うことが出来た。気分がいいから、少し遠回りをして帰ろうと公園へ足を向ける。以前も来た噴水公園のベンチで、さっそく買ったばかりのプルーンにかぶりついた。自分で買ったせいか、先日食べたとき以上に美味しい気がする。

今日は天気もよく、先日以上に公園は人が多かった。日本では人は皆日陰に逃げ込むのに、フランスでは日なたの方が人気のようだ。暦では九月に入ったが今日は気温も高く、上半身裸で日光浴をしている青年もいる。噴水は水を上げていないが、水面がキラキラ輝き美しかった。

そんな風景を楽しんでいた潤の目に、見知っている人物の姿が飛び込んでくる。杖をつき、ゆっくりした歩みは先日知り合った翻訳家ベルナールのものだ。実はこの公園に来たのもベルナールに会えるかもと思ったせいもあったので、潤は嬉しさを隠しきれずに声をかける。

「こんにちは、ムッシュー・ベルナール」

細身の体に隙のないスーツを着たベルナールが気難《きむずか》しげな顔を上げた。と、潤を見つけてほんの少し表情が緩む。握手を求めて差し出してくる手に、潤も手を伸ばした。

「やあ、ジュンだったな。先日はありがとう、夕食の約束には間に合ったか」

「はい。ムッシューにバスの乗り方を教えてもらったおかげです。今日は、足は大丈夫ですか？　歩いても痛みませんか」

「そう毎日痛かったら大変だ。普段は少し引きずる程度で生活に支障はない。だが、たまにあんなふうに痛みがぶり返してくるんだ。そんな時は家に閉じこもっているんだが、あの時は仕事上どうしても外出しなければならなくてね」

今日は表情もずいぶん明るくて、潤もホッとする。この前は本当につらそうだったから。

「君、今から少し時間はあるか？　この前の礼にコーヒーをご馳走したい」

「時間はありますが、お礼なんていいです」

「遠慮はするな。私がコーヒーを飲みたいんだ。付き合いなさい」

もう少し話をしたいと思って潤も頷くと、ベルナールはついて来なさいと歩き出した。ゆっくりだったが、助けを必要としないしっかりとした歩みに、潤は安心して隣を歩く。

「何を買ったんだね？　ほう、レーヌ・クロードか」

「この前、マルシェの店主にもらって食べてみたらとても美味しかったので、今日は少し多めに買いました。あの、その時に――」

潤は店主から『プチムッシュー』と呼ばれたことを口にすると、ベルナールが楽しげに笑い出す。初めて声を出して笑っているベルナールを見て、潤の方が嬉しくなった。

話しぶりや表情もそうだが、ベルナールの偏屈《へんくつ》そうで神経質な雰囲気は学校の先生のようだ。学生に怖がられている厳しい先生とか気難しげな教授とか。大学で思い当たる先生を思い浮かべて、潤の口もついほころんだ。

連れてこられたのは、潤の住むアパルトマンからは少し離れた裏通りのカフェだ。観光客より地元の人たちで賑わうような店で、ベルナールが入っていくと店主に笑顔で迎えられている。どうやらベルナールの行きつけらしい。

「コーヒーでいいか」

ベルナールの呼びかけに潤はワクワクした気持ちで頷いた。

はからずもパリのカフェを体験することになった。先日はかなわなかったが、あのきらびやかなカフェより今座っているこの場所の方が潤にはしっくりくる。すぐに出されたコーヒーはフランスならではのエスプレッソ。苦くて濃いけれど、これはこれで美味しい。

「ジュンはもう結婚しているのか」

ベルナールの視線が向かうのは、潤の左の薬指にはめられたマリッジリングだ。

「これは――正式に結婚はしていませんが、これからの人生を誓《ちか》い合った人との……」

「ふむ。ではフランスにはその人と?」

はにかんで潤が頷くと、ベルナールは心底驚いたようにため息をついた。

「驚いたな。君のような年齢でもう人生の伴侶《はんりょ》を決めているとは。見た目が幼いからと言って恋愛にも奥手だと思ってはダメだな。そういえば私も君と同じくらいの年齢のときに、一生ぶんの恋愛をしたんだった」

過去形で語られると言うことは、ベルナールが愛した人はもういないのだろうか。潤はそれを問うていいのかと悩んでいると、それを察したのかベルナールの方から話してくれる。

「勉強のためにパリに来たというのに、私が夢中になったのは恋愛だった。周りが何も見えなくなるほど奔放に愛したが、今思い返すとずいぶん未熟な恋愛だったな。愛を欲しがるだけで与えることを忘れていた。だから互いに傷つけ合って最後には別れてしまったんだろう」

昔を思い出しているにしてはずいぶん苦しげだった。青灰色の瞳も寂しげに揺れている。

「まだ……愛していらっしゃるんですか」

そっと訊ねると、ベルナールは表情を隠すようにデミタスカップに手を伸ばした。

「どうかな。私の足をこんなポンコツにしてしまった事故に遭ったのは、彼と別れた直後でね。ひどい事故だった。何日も意識が戻らなかったし、何ヶ月もベッドから出られなかったんだ。それで気付いたときにはもう何もかもが終わっていた。本当に何もかもだ……」

もし事故がなかったら、恋人との愛も取り戻せていたかもしれない。そんな言い方だった。

「事故のせいですべてを失ってしまっても、私は彼がいるパリから離れられなかったんだ。同じ街にいるだけで、細い糸が繋がっているような気がした。今でも彼が活躍しているのを遠くに聞くだけで満足だと思える」

ベルナールの一途な愛に、潤は胸がじんとする。どうしてこんな深い愛情が相手に届かなかったのかと悔しささえ生まれた。

けれど、はたと気付く。

「え、彼——？」

会話の中に何度も出てきた——恋人は男だと思わせる言葉に潤は目を瞬かせた。が、ベルナールは何でもなさそうに視線をくれる。

「言ってなかったか。私はゲイなんだ。だから、愛した人間も男だ」

堂々とゲイだと言い放つベルナールに潤はうなりたくなった。さすが愛の国フランスだとたたえるべきか。

「驚くようなことか？　いや、そうか。私もパリに来た当初だったらジュンと同じような反応をしたかもしれないな。すっかりパリの気風に慣れてしまっていたらしい」

苦笑するベルナールに潤は何と返事をしていいのか迷う。自分も愛する人は男性だと告白すべきか。そうしてあまりに考え込んでいたせいで、ベルナールは誤解したようだ。

「ジュンは私の好みではないから心配しなくていい。私は色気のある年上が好みなんだ」

もっと返答に困るセリフを口にされてしまう。色っぽい気配がする話に、潤はまるでおぼこのように顔が真っ赤に染まった。そんな潤を見て、ベルナールは機嫌よさそうに笑う。

「しかし──誰かにこの話をするとは思わなかった。ジュンは不思議な人間だな。話を真剣に聞いてくれるせいか、それとも素直に反応してくれるからか、思わぬ話をしてしまった」

「あの、あのっ……相手の方はまだ生きていらっしゃるんですよね？　今からではダメなんでしょうか？　時間が経ったからこそ通じる思いもあるのではないですか？」

相手の男性にはもう大切な人がいるかもしれない。それ以前に、相手はもう当時の気持ちなど失っている可能性も大きい。それはわかっていたが、潤は言わずにはいられなかった。

自分にも深く愛している人間がいるために、恋人を失う苦しみはわかる気がした。もし泰生と何らかの事情があって別れたら、きっと自分もベルナールと同じように泰生を思って余生を送るだろう。泰生と繋がる細い糸を宝物のように胸に秘めて、苦しみながら生きていくはずだ。

潤の必死さにベルナールは驚いたように瞠目《どうもく》したが、すぐに優しく目を細めて首を振る。その笑みは苦しげで悲しげでもあった。

「彼は、私の手の届かないところに住む人間でね。今では話すことはもちろん近付くことさえ出来ない遠い存在だ。私とは身分が違いすぎるんだよ」

「身分って、そんな……」

「若い当初は気にしたこともなかったが、この年になって彼とは大きな隔《へだ》たりがあることを思い知ったんだ。家の格も違うし、人間としてもそうだ。それに、彼は結婚したんだよ」

潤が息をのむと、ベルナールは皮肉げに唇をつり上げる。

「すぐに別れたがね。でも、あの結婚は私に対する裏切りだ。私と別れてすぐだったんだ、そして相手も私の知っている――私にとってはあり得ない女性だった」

その時だけ、ベルナールの声が暗く凝《こご》った。

ベルナールが事故に遭ってベッドの上で動けない間に、恋人は別の人間と結婚したのかもしれない。先ほど、何もかもをなくしたと口にしたのはそれだったのだろう。

「いや――いや、本当は身分とか裏切りとか、ただの言いわけだな」

「ムッシュー?」

「あれから何十年経っていても、彼に再び拒絶されたくはないんだ。私はこう見えて案外弱い人間なのだよ。だから、このままでいいんだ」

ベルナールの言葉に、潤は先ほど自分が口にしたセリフを後悔した。

自分だってそうだ。自分も同じような境遇《きょうぐう》だったら再び泰生の前に姿を現すなどとても出来ないだろう。泰生に二度も拒絶されたらきっともう生きていけない。それなのにベルナールにはそれを迫るなど考えなしだ。

「ジュンはいい恋愛をしているみたいだな。若いのに、深く相手を思いやっている。相手からもきちんと愛されているようだ」

恥じ入る潤を慰めるようにベルナールは言葉を継ぐが、潤はますます身を縮めたくなった。

「ふむ。つまらない話を聞かせてしまったお詫びに、よかったら私がジュンのフランス語を見てやろう」

「えっ」

「ただ、私も忙しい。今日のように、今の時間帯はだいたいあの辺りを散歩するのが日課だ。その時にジュンが散歩に付き合ってくれるなら、それをレッスンの時間としよう。どうかな?」

「はいっ。あの、でもいいんですか?」

自分ばかりが得をしているように思えるが。

「何、私にとってもいい息抜きになるだろう。それに私も決まった時間にあそこを歩いているとは限らないから、当てが外れるかもしれないぞ」

「それでも構いません。よろしくお願いします。もっといろいろ話が聞きたいです」

ベルナールがパリに来た話や、フランス語を習得した話、もちろん恋人だった人の話も出来たら聞きたかった。

「ふむ、私が誰かの教師となるとは。まったく面白いものだ」

潤の熱い眼差しを受けてベルナールはニヒルに笑った。


思わぬフランス語レッスンの話に、泰生はやはり渋い顔を見せた。それでも近いうちにベルナールに会わせろというセリフに潤が頷くと、ようやく納得してくれた。どうやら偶然出会った散歩の時間のみレッスンをするというやり方に、危険性はないと思ってくれたらしい。

翌日、さっそくベルナールの散歩の時間を見計らい、公園を歩きながらのレッスンをお願いした。会話中に細かくチェックを入れられたり、何十回も同じ単語を発音させられたり、ベルナールはなかなか厳しい先生だ。レッスンを受けるたびに潤は自分の稚拙さが恥ずかしくなるが、こんな機会は滅多にないとがむしゃらに付いていく。そんな潤の真面目さを見てくれたのか、いつしかベルナールから仕事の都合や体調が悪くて散歩に出られない日には携帯電話で連絡を入れてくれるようになった。

潤にとって、個人教師が出来たというのは思った以上に心強い。今まで疑問点は泰生に訊ねていたが、忙しい泰生の手を煩《わずら》わせるのは申し訳なかったし、何より泰生は動物的感覚でフランス語を習得したのではと思えるほど論理的に人に教えることが苦手だった。何か聞いても「そういうもんだ」とか「感覚で覚えろ」という返事しか返ってこず、泰生にも苦手なものがあったのかと潤も初めて知る事実だった。だから、ベルナールとのレッスンは非常に助かっている。ベルナールが生粋《きっすい》のフランス人ではないせいか、潤がぶつかる壁も理解しやすいらしい。

「それではな——」

今日はカフェでレッスンという名の話をしたあと、ベルナールと別れた。

「泰生は間に合わなかったな」

ベルナールに一度会っておきたいと、今日は途中から泰生が合流することになっていた。早朝にフランス南東部のニースへ仕事に出かけた泰生だが、しかし、おおよそ約束していた三時前後になっても現れない。泰生が現れないために潤はベルナールと二人でカフェでしばらく待っていたが、とうとう間に合わなかった。

何度か泰生に連絡したのだが、携帯電話も繋がらない。心配していたが、ベルナールと別れてアパルトマンへの道を辿っていたとき、ようやく待望の電話がかかってきた。

『悪ぃ、連絡が遅くなった。乗る予定だった飛行機がストライキで欠航したんだ。代替《だいたい》の手配でバタバタして連絡出来なかった』

事故か何かあったのかと少し不安だったから、何もなくて心底ホッとする。

「泰生が無事ならいいんです、安心しました。帰りは遅くなりそうですか？」

『あぁ。空港自体がストでいかれちまったから飛行機は全滅。だから、ＴＧＶで帰る』

ＴＧＶというと、フランス版新幹線だ。在来線よりは速いだろうが、それでもニースからとなるとずいぶんかかるのではないかと懸念していると、案の定の答えが返ってくる。

『こっちを五時半に出発だからパリには夜の十一時すぎには到着出来そうだな』

「五時間半もかかるんですか」

泰生は昨日もおとといも仕事が忙しくて帰宅が深夜だった。早いと聞いていた今日もこれでは、さすがに泰生の体が心配になる。

「あの、泰生は確か明日はロンドンでしたよね？　だったら、今日はニースに泊まって明日直接そこからロンドンに飛んだらどうですか？　パリに戻るより体は休まると思います」

『あー、一瞬考えたんだがな。でもパリに潤ひとりを残すのは心配だ。どうせ移動中は寝てんだ、気にするな。それより、きちんと戸締まりはしとけよ？　暗くなりかけたら絶対外出はするな。誰かが訪ねてくるのはもちろん、郵便や宅配が来ても今日は無視しろ、いいな？』

「はい。でも、あの……おれはひとりでも大丈夫ですよ？　下にガードマンはいるし」

『いいから、おれの言う通りにしろ。ＴＧＶに乗ったらまたメールする。んじゃ』

いつものように電話はあっさり切れるが、泰生の心配ぶりに潤はため息をついた。

パリに来てからの泰生はいつもこうだ。少し過保護すぎるというのは潤も気にしていたが、先日自分のために仕事を断っていたのを偶然耳にして、悩みは少々深刻なものになっていた。今日のように潤のために無理をする泰生を見るにつけ、自分が足を引っ張っていることがひどく心苦しい。泰生の恋人というよりこれではお荷物ではないか、と。

だからといって今の自分に出来ることがないのも悔しいところだ。自分はしっかりしているとどれだけ口で言っても、泰生にはそうは見えないらしい。言葉に説得力がないからだろうか。

どうしたら泰生にわかってもらえるか。

それは潤にとって今までにない難解な問題のように思えた。

翌日、ロンドンから帰って来た泰生はさすがに疲れた様子だった。

連日深夜帰りで長距離移動も多かったし、疲れが体にたまっているのだろう。加えて、二週間後にパリで行われるパーティーの演出の仕事はここに来て進行が遅れているらしく、度々スタッフと衝突《しょうとつ》して気も休まらない様子だ。

「潤、ちょっと来い来い」

ソファにだらしなく伸びていた泰生に手招きされて、キッチンにいた潤はグラスを抱えていそいそと寄る。グラスの中身は、マルシェで買った手作りリンゴジュースだ。味見させてもらったらすごく美味しかったので、泰生にも飲んでもらいたいと買ってきた。けれど泰生は取り上げたグラスを飲みもせずにサイドテーブルに置き、潤の体を腕の中に閉じ込めてしまった。

「あー、久しぶりに潤を抱きしめた気がするぜ」

ソファに座った泰生の脚の間に潤を抱きしめるこの体勢は、いつでもパワフルなはずの恋人がちょっと疲れているときの癖《くせ》だ。そんな泰生が心配になるも、もたれかかってくる体の重さは潤にも幸せなものだった。自分と触れ合うことで泰生が癒《い》やされるというのなら、自分の方から抱きつきたいくらいだ。泰生の疲れを吹き飛ばしたい。

「フランス語のレッスンは進んでんのか？　日記の方はどうだ」

「う……、頑張ってます」

ぴしりと固まった潤を見て、泰生が楽しそうに潤の肩に顎を乗せてくる。

「へぇ、日記はどれくらい進んだ？」

「三分の一、くらいです」

悄然とした潤の声に、泰生はからからと笑う。

「でもすごいんです。日記の『Ｊｅ《ジュ》』さんに恋人が出来たんです。しかも男の人なんですよ！」

「そりゃ、驚きだな。『Ｊｅ』はゲイだったか。ま、パリは多いからな」

「大通りの角に大きなカフェがありますよね、四十年前のあそこで『Ｊｅ』さんは恋人と出会ったんです。すごくお金持ちのお坊ちゃんだって書いてありました」

『Ｊｅ』というのは日記の彼のニックネームだ。フランス語で『私』と言う意味だが、日記の中で『Ｊｅ』の名前は不思議と出てこない。それを聞いた泰生が面白がって付けた。その方がおまえも親しみが持てるだろうと強制されたわけだが、実際泰生の言う通りだったのが少し悔しい。

「すごいヒントじゃねぇか。これは本当に日記の持ち主がわかるかもしれないな」

「でも四十年前の客を覚えている店員が残っているでしょうか……」

蚤の市で手に入れた日記の翻訳はのんびりとしたペースで進んでいる。

イギリスから出てきた日記の彼『Ｊｅ』が街の騒々しさに辟易《へきえき》したり、ホームシックにかかったりしてパリの街になじんでいく様子を繙く作業は楽しかった。イギリスの思い出の場所に似ていると『Ｊｅ』がよく行っていた公園は、なんと現在潤がフランス語レッスンのときにベルナールと散歩するあの噴水公園だ。『Ｊｅ』が住んでいるのが偶然同じ地区だったため行動範囲も近辺が多く、日記の中にある店や場所を見つけるのが、最近の潤の楽しみでもある。

しかも『Ｊｅ』とは趣味やセンスが似通っているらしく、『Ｊｅ』がいいと思った場所は潤にとってもお気に入りになるほど。この日記帳を蚤の市で潤が手に取ったのも、偶然ではなく『Ｊｅ』と好みが似ていたせいかもしれない。

そんな『Ｊｅ』が劇的な恋に落ちたのだから、潤も自分のことのように興奮してしまった。日記の中では『Ｙ』と称された恋人は何と男。イギリスでは決して口には出来なかったが自分は本当はゲイであるとカミングアウトされていた一文に、潤は切ないような感動を覚えた。

お互いひとめぼれに近い恋の落ち方をした二人だが、『Ｊｅ』はもともと感情表現が苦手らしい。しかも、あまのじゃく体質で照れ屋というトリプルコンボ。恋人が熱烈な愛の言葉を囁いてくれても、つれない態度しかとれないのがもどかしいと何度も書いてあった。本当は自分だってどれだけ好きなのか告げたいのに、と。

「何だ、そりゃ。今で言うツンデレじゃねぇか」

潤の話を聞いて、泰生が呆れたようにため息をつく。が、潤は違うところに反応した。

「ツンデレって言葉、おれも知ってます！　本当は大好きなのに『あんたのことなんか好きじゃないんだからね』とか言うんですよねっ」

「おー……」

泰生の反応がかんばしくなくて振り返ると、なぜか目を逸《そ》らされた。

「自分で言って何だが、まさか潤がツンデレって言葉を知ってるとは思わなかったぜ」

困惑気味に呟く泰生に潤は首を傾げる。ようやく目を合わせてくれた泰生だが、口から出てきた言葉は潤には微妙にわからないものだった。

大学の友人にいわゆるオタクと自称する学生がいて、世間知らずな潤を面白がってかいつも色んなことを教えてくれる。途中からひとりでヒートアップし始めるのが玉にきずだが。

でも、そうか。『Je』みたいな人のことをツンデレというのか。

自分のことをへそ曲がりだと書いてある日記の彼はどうやらあまり融通《ゆうずう》がきかない人間らしく、日記の文面からも神経質で普段もきついもの言いをすることが伝わってくる。そんな彼がツンデレとか言われると、確かに友人が口にしたツンデレ像そのままな気がした。

押し切られるままに『Je』がとうとう恋人と同棲を始めたところまで日記を繙いているのだが、これから二人がどうなるか、潤は翻訳することに少しためらいを覚えていた。というのも、ツンデレであまのじゃくな『Je』が日記には内なる気持ちを赤裸々に綴っているからだ。

誰かの秘する心を勝手に覗いているような感じがして、少し後ろめたい。

「ここと同じようなすごいアパルトマンみたいなんです。広いバスルームがあってテラスがあって。あっ、窓から遠くに教会の尖塔《せんとう》が見えるのも一緒なんですよ」

それを振り切るように、潤は思い出したことを口にした。

「案外、隣だったりしてな」

「だったらすごいですね！」

隣には誰が住んでいるのか知らないが、日記の持ち主がもし今も隣に住んでいたら、喜んで返せるのだが。

体を抱き込む泰生に潤も寄りかかりながら、『Ｊｅ』が今も生きていることを願う。

「そう言えば、あのギョームも昔は男と恋愛したことがあったらしいぜ。それも大恋愛」

「ペペギョームですか」

「まぁ、ギョームは昔一度結婚したこともあるし、バイってとこだろうけど」

昔か。今でさえダンディなギョームの若い頃はさぞかしかっこよかっただろう。潤が言うと、泰生は昔のギョームの写真が載っている本を持ってきてくれた。

「わっ、本当にかっこいい」

「昔、若い学生と大恋愛をしたんだと。イギリスからの留学生だったらしいな。ギョームがひどく酔っ払ったときに一度だけ話をしてくれた」

「もしかして、その人が『バーナード』さんだったりしますか？」

泰生の言葉に、先日食事をしたときにギョームが『ベルナール』の名にひどく反応したことを思い出した。ベルナールは英語読みで『バーナード』になる。潤が知り合った翻訳家ベルナールも若い頃にパリに勉強にやってきたと話したため、ギョームは恋人かと思ったのだろう。

いや、待て──そのベルナールも昔大恋愛をして別れた人がいると言っていた。失恋を引きずっている、と。もしかして、本当にあの二人こそが恋人同士だったのではないか。

潤は思わず胸を高鳴らせたのだが。

「おれも名前までは聞いていない。が、潤が知り合った翻訳家のベルナールが『バーナード』というのはあり得ないな。ギョームの恋人だった男はもう亡くなっているんだ」

続けられたその言葉に、ひゅっと潤の喉が鳴る。

「その辺も詳しくは聞いたが、あれはギョームが正気だったら絶対口にしない類の話だ」

ギョームが泥酔《でいすい》したせいで聞いたという話を、泰生は言うか言うまいか迷っているようだった。だから、言わないでいいと潤は首を振る。ギョームが未だに苦しむ恋人の死の話を無理に聞きたいとは思わなかった。泰生が軽く口に出来ないほどひどい話なのだろう。

「そうか。まぁ実際恋人が亡くなったのは事故のせいだが、ギョームは自分が殺したんだと気に病んでるって話だ。もう何十年も前のことらしいが、未だにギョームはその手のことは一切口にしたがらないし。囚われてんだろうな」

すべての人の恋が上手くいくわけがないとわかっているけれど、親しくなった人が恋を失って苦しみ悲しんでいる話を立て続けに聞いて、潤はやるせなくなる。ギョームにいたってはもう二度と会えない人に今も囚われ続けているのだ。それはどれほどの苦痛だろうか。

傍にいないどころではない。これから先、一生会えない。声も聞けないし、姿を見ることも出来ない。触れないし、抱きしめることも抱きしめてもらうことも出来ないのだから。

そう考えると、目の前が真っ暗になるような絶望感が襲ってくる。こんな苦しみを抱えて生きていくなんて自分にはとても出来ない気がした。

「泰生は、死なないで下さいね」

声が涙でくぐもってしまった。洟《はな》を啜《すす》る潤に泰生はしばらく無言だったが、そっと肩に手を回すと懐深く抱きしめてくる。最初は優しく、すぐに強く――。

「あーっ、たく。何だよ、この純粋さは」

抱きしめる力が強すぎて痛い。息が止まりそうなくらいだ。けれどその腕の強さに潤は救われる気がした。涙があふれ出る目を泰生の柔らかなシャツの袖に強く擦りつける。

「死ぬ予定なんかないから安心しろ。こんな泣き虫を置いて死ねるか、ばーか」

昔はなくして困るものなど何ひとつなかった。けれど、今は大事なものが多すぎる。何よりも泰生、そして家族や友人など今の幸せな生活すべてが潤にとってなくてはならない宝物だ。その中のひとつも毀《こわ》れて欲しくなかった。

「ほら、そのぶーたれた顔を見せろ。何だよ、目も真っ赤だけど鼻の頭も真っ赤だぜ？　酒を飲みすぎたオヤジじゃねぇか」

「……せめてトナカイくらいにして下さい」

ひどい喩《たと》えに潤は涙声で抗議する。泰生が苦笑して、その鼻の頭にキスをひとつ——両頬を大きな手で包まれるととても心地よかった。

優しいキスが二度、三度と繰り返されるうちに泰生の唇が潤のそれにとどまる時間が増えていく。唇の合わせを舐められて小さく口を開くと、泰生の舌が滑り込んできた。

「ん……」

無意識に潤の喉が鳴いた——その時、電話のコール音が聞こえてくる。泰生は何も聞こえていないようにキスを続けるが、電話のコールはしつこかった。息が苦しくなったせいもあって泰生の腕を叩くと、ようやく唇が離れていく。が、泰生の機嫌は急降下していた。

「——モニカだな」

乱暴に舌打ちし、泰生が勇み立つようにゆらりと立ち上がった。

「今日一日雲隠れしてたくせに、このタイミングで電話してきやがって」

歩き去る泰生の後ろ姿に、「カーン」とファイトの鉦《かね》の音が聞こえた気がする。

泰生が口にしたモニカとは、今回チームを組んでいるスタッフのひとりだ。主にインテリアの手配や搬入に動いてもらっており、泰生にとって直属のアシスタントになるらしい。

泰生が度々衝突しているというスタッフがこのモニカだった。以前、泰生とデートしたときにセレクトショップで話題に上がっていたのも彼女のこと。どうやらずいぶん性格のきつい女性らしい。泰生曰く、パリでも有数のセレクトショップのトップバイヤーとして働くせいか自分の考えに絶対的な自信を持っており、とにかく我が強いスタッフなのだという。

本来プロデュースを頼まれたのは泰生であり、泰生の考えで周囲は動くべきなのに、モニカは泰生の意見に過剰《かじょう》に口出ししてくる。それどころか、自分のセンスで勝手にことを進めたがる嫌いがあるらしく、電話越しにモニカとやりあっている泰生の姿を潤は何度も見たことがあった。この電話も、モニカが幾つか自己判断で処理した事例の説明を求めるために、泰生が朝からずっと連絡を取っていた件だろう。

今回もトップの指示を無視して勝手をした上に、正しいのは自分だとモニカがまったく悪びれない様子であるのは、電話越しにどんどんヒートアップしていく泰生を見ればわかった。早口でまくし立てられる泰生のフランス語は潤の耳ではもうほとんど聞き取れないが、泰生がすでに怒りを通り越して呆れの境地に達しているのは潤にも伝わってくる。

乱暴に通話を切り、泰生が苛立ったように持っていた携帯電話をソファに放り投げた。

「ッチ、何でおれはモニカをアシスタントに据えたんだか。あんな人間だとは思わなかったぜ」

先ほどサイドテーブルに置いたままだったリンゴジュースを一気に飲み干し、泰生は怒りが収まらないと鋭く息を吐く。が、ふと空になったグラスを見つめて、潤を振り返った。

「美味いな、このリンゴジュース」

「マルシェで買ったリンゴ農家のジュースです。もう一杯飲みますか?」

「いや、もういい。少し落ち着いた」

しかし落ち着いたせいか、今度はしごく疲れたようにソファに座り込んでしまった。潤がそっと隣に移動すると、泰生がもたれかかってくる。

重い～っ。

それでも、潤はなんでもない風を装って泰生の体を一生懸命支える。

「何かあったんですか?」

水を向けると、隣の恋人はため息をついた。

「取り寄せたはずの照明器具の数が足りないから問いつめたら、日本の照明は明るすぎて色気がないから少ない方がいいと勝手に注文数を変えやがったんだ。地下牢は暗いのが当たり前だからあの数で妥当だとさ。だから届いた実物を見てみろと朝にメールしておいたら、今度は追加で注文したから文句はないだろと開き直られた。届くの、パーティーぎりぎりだぜ。間に合うのかよ」

泰生とモニカは以前から知り合いらしいが、いざ一緒に仕事をしてみるとモニカと自分が求

めているものには微妙にずれがあることが発覚したのだという。互いの意見をすり合わせたり納得いくまで話し合ったりもせず、モニカが一方的に自分のセンスばかり押しつけてくるため、泰生が苛立っているらしい。挙句《あげく》の果てにはトップの泰生と成り代わらんばかりの言動だ。

泰生が怒るのも疲れるのも無理はない。

「しかも、もう一週間も前に頼んだ資料は端《はな》から作る気がないとわかった。あれだ、あの『アベル・ジョスパン』の作品」

泰生が顎でしゃくるのは、リビングの奥で蛍のような微細な明かりを放つ照明オブジェだ。泰生とデートをしたときに買った、光の妖精が飛び回る軌跡のような小さな明かりの粒たち。

「おれのセンスを疑うとか言い出しやがって、ふざけんなって感じだ」

そういえば、座敷牢にあっても楽しそうだとか泰生は言ってたっけ。

「しかし——おれには調べる時間はないし、下手なヤツに頼むとモニカが握りつぶす可能性はあるし、どうすっかな」

「あの、だったらおれがやりますっ」

そうだ。自分がやればいいのだと潤は思いつく。

「あの照明オブジェを作っている『アベル・ジョスパン』の他の作品も含めて資料を作ればいいんですよね？　だったら、おれがやりたいです」

潤が勢い込んで言うと、泰生は眉を寄せた。

「だが――」

否の方向に大きく傾いているらしい泰生に、潤は必死で食い下がる。デザインやセンスなどの方面にはまったく自信はないが、資料作りだったら自分でも出来るのではないかと思った。

「おれなら演出のチームとは無関係だから資料を作っていてもモニカさんにばれないだろうし、もしばれても痛くも痒《かゆ》くもないです。おれにも泰生の手伝いをさせて下さい」

「資料を作っても、実際に使うかどうかはわからないぜ？」

「構いません」

「しかも、あまり時間もやれない」

「やってみます」

いつの間にか、潤の方が泰生にのしかかるような格好になっていた。潤の顔を泰生はずいぶん長く見つめていたが、ようやく小さく息をつく。

「資料を集めるだけだ。無理はするなよ？　危険な場所にも近付くな。どんな小さなことでもおかしいと思ったらおれに言え。あと誰かと接触を図るときは、場合によってはおれの名前をあげてもいい。『ドゥグレ』のイベントパーティーのこともだ」

泰生の言葉に、潤はひとつひとつ頷いていく。

「よし。だったら、おまえに頼む。やってみろ」

許可が出て、潤は嬉しさに思わず泰生に抱きついてしまった。


泰生の仕事の手伝いが出来る――喜び勇んだ潤はさっそく翌日から動くことにした。最初にしたのは、照明オブジェを買ったセレクトショップへ行くことだ。ここでオブジェを作った『アベル・ジョスパン』なる人物がどんな人かを調べる。実は、昨夜まずインターネットで調べてみたが、調べ方がまずいのか名前の綴りがわからなかったせいか、ネットの検索機能では見つけられなかったのだ。

「あれ、君は先週タイセイと一緒にいた少年じゃないか」

インテリ系のメガネをかけた店員は、潤のことを覚えてくれていたらしい。ひょろっと背が高く、短く刈り上げた髪型に顎ひげがよく似合う青年だ。ホッとしかけたが、彼はモニカと知り合いだったことを思い出し、少しマズイかなと唇を噛んだ。

それでも、この人に聞かなければ先に進めないと腹を括《くく》る。この店員こそがオブジェを作ったクリエーターを発掘したらしいのだから。

「あの、あのっ……先日買った『アベル・ジョスパン』をすごく気に入ったんですが、この方の作品のカタログやパンフレットはありませんか？」

「へぇ、君もクリエーターか何か？　てっきりモデルの卵かと思ったのに」

店員は奥から小さな三つ折りのカタログを持ってきてくれた。ホームページがあるらしくアドレスとアトリエの住所も載せてあるのを見て、つい顔がほころんだ。

「おれはクリエーターでもモデルでもありません。学生ですから」

「ふぅん、それでカタログを欲しがるんだ。アトリエでも訪ねるわけ？　どういうのが欲しいか言ってくれれば、ぼくが取り寄せるけど」

「いえ、あの、特に今どれが欲しいってわけではなくて……」

潤がしどろもどろになるのを見て、店員の目がきらりと光った気がする。

「それとも、タイセイのおつかいだったりする？」

ずばり問われてしまい、潤はぎょっとした。胡乱《うろん》な視線をさまよわせる潤を見て、店員が顔をほころばせる。

「君、嘘がつけないなぁ。日本人って皆そんななわけ？　面白いよ。わけありみたいだな、話してみないか？　力になるぜ」

「あの、でも……」

外国人はよくこうして人の目を真っ直ぐに覗き込んでくる。強い目力にたじろぎたくなるが、彼の真意を見極めないと先に進めないと、潤は逸らしたくなる目を必死にとどめた。グリーンの目には面白がるような色が浮かんでいるが、潤に好意的でもあった。

「泰生がこの作家の資料を欲しがっているんです」

その眼差しを、信じてみようと思った。店員がモニカと友だちでも、力になると言ってくれているのだ。潤は泰生のように人を惹きつける力も卓越《たくえつ》した才能も巧みな話術も持っていない。差しのべられている手を信じて握り返すことで、初めて協力者を得られる気がした。

「それって今度の『ドゥグレ』で使うかもしれないってこと？」

「使うか使わないかを決めるために資料が欲しいんです」

その言葉に店員が探るように見つめてくる。

「そういうのってモニカがやっているはずだけど、彼女には頼まないわけ？」

「――彼女は必要ないと資料の作成を断ったんです。でも、泰生は面白いと思っています。おれは泰生の意を汲んで勝手に資料を作ることにしたんです」

「ふぅん、君が勝手にね」

店員がクスクス小さな笑い声を上げているのはどうしてだろう。

「了解、君の事情はわかった。約束だから協力しようじゃないか」

「よろしくお願いしますっ」

潤は差し出された店員の手をぎゅっと握り返した。

「それにしても楽しいな。『アベル・ジョスパン』は、モニカは見落としたけどぼくこそが拾い上げたクリエーターなんだ。モニカはそんな自分の失敗を認めたくないから、ことさら関わりたくないんだろうね。今では雑誌にも掲載されるほど注目を受けているのに」

店員が楽しげなのはそのせいか。少し人が悪いような気もするが、モニカが資料作りを断ったことにセンス以外の裏事情があったことを知れたのはよかったかもしれない。

「さて、タイセイは具体的にどういうのが欲しいとか言ってるわけ？　『ドゥグレ』のパーティーのコンセプトとかは知ってる？」

その問いに、潤は眉を寄せた。

コンセプトは知っている、座敷牢だ。けれど、それを口にしてはいけないだろう。泰生の仕事に係わることを自分が勝手に口外するわけにはいかない。それはこの店員を信用するしない以前の問題だと思った。

だから、口にしたのは別のことだ。

「コンセプトは言えませんが、暗さを生かしたイベントパーティーになる予定です。だから、『アベル・ジョスパン』のオブジェも映《は》えると候補にあがったんだと思います」

「ふぅん、なるほどね」

潤の口の硬さにだろう、意外そうに片眉を上げる店員の姿に、ひと筋縄《すじなわ》ではいかないかもしれないと潤は気を引き締める。

「資料を作ると言ったね。じゃ、ぼくが作って渡すよ。これでもモニカに引けを取らない実力は持っているつもりだ。渡すのはタイセイでいいね？」

「いえ、あの……」

「君に渡す方がいい？　だったら資料はぼくが作ったって一応アピールはさせてもらうよ。タイセイとは繋がりを持っておきたいからね。近日中に持っていくから連絡先を教えてくれ。その場にタイセイがいてくれるのが条件かな」

「待って、待って下さい」

　強引にたたみかけようとするインテリ青年を、潤は慌てて止める。メガネの奥にある目が反論は聞きたくないとばかりに鋭く切れ上がった。大人しく引き下がってくれなさそうで困惑するが、黙り込むとそのまま勢いで持っていかれそうだ。だから必死の覚悟で奮い立つ。

「お気持ちは嬉しいですが、資料はおれが作ります」

　誰かと言い争うなど潤は初めてかもしれない。けれど、これは譲《ゆず》れない。

「君が？　冗談だろ、君が作るよりぼくが作る資料の方が当然優れているよ。『アベル・ジョスパン』について一番詳しいのはぼくだ。ぼくが作る方が確かなものが出来るに決まっている。

その方がタイセイもストレスを感じないと思うけど？」

「そう…かも知れません」

「だったら決まりだね」

「でもっ――でも、あなたが『アベル・ジョスパン』のことをおれよりよく知っているように、おれは泰生のことをあなたよりよく知っています。そこを考慮《こうりょ》して、おれは資料を作成する予定です。おれが作りたいんです、誰かに任せるつもりはありません」

怯みそうになる心を震える手と共にぎゅっと握り込み、潤は店員の目をしっかりと見すえた。

自分がやると泰生に約束したのだ。誰かに代わりにやってもらうわけにはいかない。確かに彼が作った方が効率的でいい資料が仕上がるかもしれない。そう思うと気が引けるが、泰生の仕事事情や性格を潤はよく知っている。それを踏まえて違う観点から作れば、それもいい資料とは言えないだろうか。

一歩も引かないという心づもりの潤に店員は厳しい顔を作っていたが、ふいに苦笑する。降参とばかりに肩をすくめた。

「わかったよ、君は本当に面白い人間だね。大人しくて素直で、強く出れば簡単に流されてくれるかと思いきや、意外や意外。凛《りん》として、芯《しん》がしっかりしている。君みたいな日本人をサムライというのかな」

「サムライ……」

店員が言葉通りほめているつもりならば、『サムライ』というのはほめすぎの気がする。

潤が顔を赤くしてぶんぶんと勢いよく首を振ると、インテリ青年は小さく吹き出した。

「ハハハ、何だか力が抜けるな。君が気に入った、資料作りのお手伝いをしよう」

もう一度握手を求められ、潤は高揚した気持ちで大きな手を握り返した。

「――アトリエには一度足を運んだ方がいい、カタログにない作品もあるし。直接『アベル・ジョスパン』と話をした方がいいね。なぜなら彼はメールは半月に一度確認するかしないかという面倒くさがりで、電話にも出たがらない悪癖があるんだ。でも、ぼくが連絡しておくから大丈夫。一応コツはあるんだよ、彼を電話口まで歩かせる方法はね。でもそれは秘密だ」

インテリ青年はバチンとウインクしてみせる。

アトリエの詳しい場所を教えてもらい、資料作りのアドバイスまで授《さず》けてくれた。潤は何度も礼を言って店を後にする。あの店員には本当に感謝だ。

『アベル・ジョスパン』のアトリエがあるのはパリでもアートやデザインが盛んな地域。バスで行くと簡単だと教えてもらったため、その通りにアトリエまで進んだ。

外国人のクリエーターに会うのは初めてかもしれない。

ずいぶん緊張してアトリエのドアを開けたが、迎えてくれた『アベル・ジョスパン』は想像していたクリエーターのイメージを色んな意味で覆《くつがえ》してくれた。背が高くて体格もいい彼を見て動物のクマをイメージしたのは、動作がとてもゆったりしていたせいだ。クマと言っても凶暴なクマではなく、童謡《どうよう》や絵本の中にいるような『クマさん』のイメージ。クルクルとカールした髪と口ひげのせいでもある。三十代前半と聞いたが、外国人にしてはめずらしく視線を合わせようとはしないはにかむような感じも、少し臆病で優しいクマを思わせた。

もっとガツガツして尖ったような人を想像していたけど……。

彼の朴訥《ぼくとつ》とした雰囲気に潤もホッとしてアトリエを訪れた事情を説明する。セレクトショップの店員が根回ししてくれていたようで話は早かった。イベントで特殊な使い方をする可能性もあるため作品の簡単な構造解説も求めたり、アトリエにある照明オブジェは元より、作業の様子も撮影させてもらったりしたが、この辺りはインテリ青年のアドバイスによる。

潤にはわからない専門用語も幾つかあったが、それでも思ったよりスムーズに話が出来たのは、先日の資料整理の際に勉強を頑張ったせいかもしれない。

「すごい……」

アーティスティックに組まれたピアノ線より細い鋼のコードに、米粒ほどのLED電球を溶接していく作業だ。声を出すのがはばかられるほどの細かい作業に潤は息をのんだ。

これは時間がかかるわけだ。個展が終わった直後でよかった。

緻密《ちみつ》な作業の連続のため作品を創り上げるには相当時間がかかるらしく、在庫がなかったらイベントパーティーに間に合わせるのは無理だっただろう。幸いにも先日個展を終わらせたばかりの今は、買い取りの予約は入っているものの在庫は揃っていると聞いてホッとする。交渉次第で、イベントパーティーに貸し出しは出来るだろうとのことだ。

ひと通り説明を受けて聞き込みを終わらせたときには、けっこうな時間が経《た》っていた。礼を言って辞そうとしたが、ふと先ほどのセレクトショップの店員がもらしたセリフを思い出す。

「作品が雑誌に載ったと聞きましたが、掲載誌を教えてもらえませんか」

実際インテリアとして使われている写真があれば参考になるかもしれない。

資料作りのアドバイスでは言われなかったが、もし掲載ページが手に入るようだったら添付しておこうと、面倒くさそうに出してきてくれた三冊の雑誌名を控え、潤はようやくアトリエをあとにした。

翌日、作品オブジェが掲載された本を求めて向かったのは以前泰生とデートをしたときに利用した書店だ。三冊のうちの二冊は泰生宛に送られてきた本の中に偶然あったため、残りの雑誌をアート系の本が充実した書店で見つけようと考えた——が。

「雑誌がない？」

中規模程度の書店だが、雑誌の類が一切見当たらなかった。不思議に思って店員に尋ねようとするが、ひとりは電話中でひとりは接客中だ。対応が終わるのを待っていたのだが。

「やあ、ジュンじゃないか」

声をかけてくれたのは、翻訳家のベルナールだった。今日も銀髪を丁寧に後ろへ流したベルナールは、神経質そうにメガネを押し上げている。

「こんにちは、ムッシュー・ベルナール。お買いものですか」

握手を交わし、潤も挨拶した。

フランス人の挨拶はビズと共に交わされることが有名だ。いわゆる両頬にキスをするしぐさだが、男同士だとこれが握手に変わることが多い。泰生は誰が相手でもビズは一切しないが、潤は見た目が子供っぽいせいか、なぜかどのフランス人からもビズを求められる。ペペギョームだったりマルシェの店員だったり。が、ベルナールは最初からずっと握手だった。ビズの習慣などない生粋の日本人の潤は、やはり握手の方がホッとする。

「雑誌を買いに来たんですけど、ちょっと見当たらなくて」

メモ書きを見せると、ベルナールはくいっと片眉を引き上げた。

「書店に雑誌は売ってないな。雑誌はそこのたばこ屋とか文房具店にしか置いてないんだ」

「えっ、書店なのに雑誌は売らないんですか」

「雑誌は紙の束《たば》で、本じゃないからな」

ベルナールは何でもなさそうに言うが、本だって紙の束じゃないのかと潤は不思議に思う。

「ふむ。それにこれはバックナンバーだろ。雑誌専門の店もあるが、さすがにこの雑誌のバックナンバーはもうないんじゃないか」

発行数が少ないらしいとメモに記した雑誌を指で叩かれ、潤は途方に暮れる。

「ジュンはこの雑誌がどうしても必要なのか？」

「出来れば欲しかったんですが……」

けれど手に入らないなら諦めるしかない。取りあえず、雑誌専門店に行ってダメ元で探してみよう。そう思って顔を上げたら、硬骨《こうこつ》な青灰色の瞳とぶつかった。

「急ぎで必要か？」

「はい、雑誌専門店の場所を教えてもらえますか？」

「ふむ。では私と一緒に来なさい。ちょうどうちにその雑誌がある。私には必要ないから君にあげよう」

「いいんですかっ」

小躍りしたくなる気分で見上げると、偏屈そうなベルナールはくすぐったそうに唇を動かしている。どうやら少し照れ屋らしい。

歩きがてら話をすると、何とベルナールはアートやデザイン、ファッションやインテリア関連の翻訳を主にやっているようだ。それというのも、以前潤に話してくれたベルナールの忘れられない元恋人はそういう方面の仕事に携《たずさ》わっているらしく、その活躍を身近に感じたいという思いかららしい。

見た目からは想像もつかないいじらしさに、潤も唇が緩む。

アパルトマンに着くと、奥の本棚が並ぶ一角へと案内された。大きな机がある仕事スペースには大量の本が所狭しと並んでいた。雑誌や本、何かの会報のような冊子やカタログまである。

こういう仕事をしているんだ。これ、泰生が好きそうなグッズが特集されてるなぁ……。

ベルナールに断って、机にあった薄いガーデニング系の冊子を手に取る。

「それが気に入ったか？　ついでに持っていっていいぞ」

「いいんですか？」

「構わん。それにほら、これだろう」

本棚から持ってきてくれたのは、確かにメモにあった雑誌だ。ページをめくると、昨日訪問した『アベル・ジョスパン』の特集が組まれており、照明オブジェの写真も幾つかあった。

「ジュンはインテリア系の仕事に興味があるんだな」

潤がよほど満足げな顔をしていたらしい。ベルナールは得心《とくしん》した様子で話しかけてくる。

「いえ、実際これを使うのはおれじゃないんです。おれの、その、大事な人……」

「ふむ。一緒にパリに来ているというジュンの恋人か。パリには仕事で来たと言っていたな」
はにかみながら潤が頷くと、ベルナールはおかしそうに笑う。早く持って帰ってやるといい
と言われ、潤は頰を赤らめてアパルトマンを辞した。

渡された資料の出来映えに、泰生《たいせい》は小さくうなってくれた。

「へぇ、これはなかなか……」

「本当はアドバイスしてもらったんです。セレクトショップの店員さんがすごく親切にしてく
れて、色々と教えてくれたんです」

「言わなきゃわからねぇのに」

正直に申告する潤《じゅん》を見て、泰生がおかしそうに笑う。

「でも、おれ好みの写真を多めに挟んでいるのはおまえの判断だろ？　こういう感じが好きだ
っておまえじゃなきゃわからないよな。特にこれ、この額縁を使ったオブジェはいいな。光の
妖精とか蝶を額縁の中に閉じ込めた感じで、かなり気になる。これって新作か」

写真に見入る泰生に、潤はやったと声を上げたくなった。

渡した資料は、さっそくその場で読み込んでくれた。泰生がチェックを入れるかもと思った

作品は角度を変えて多めに写真を載せたのは確かに潤のアイディアだ。参考資料として添付していた雑誌掲載ページもずいぶん見てくれている。

潤は隣でなんでもない風を装って自分の勉強をしていたが、本当はニヤニヤと緩みそうになる唇を引き締めるのに必死だった。

こういうのも楽しいかもしれない。

泰生の仕事は華やかすぎて世界が違うと思っていたけれど、こんな地道な作業の積み重ねで出来上がっているのだと今回初めて知った。地に足の着いたような堅実な仕事もあると知り、実際体験もしたせいか、ほんの少し泰生の住む世界を考え直した。泰生と自分の将来は交わらないだろうと思っていただけに、思わぬところに自分が気になった仕事を見つけて不思議な気分でもある。もしかして、自分にも泰生の仕事で手伝えることがあるかもしれない、と。

「いや、正直ここまでのものが出来るとは思わなかったぜ。おまえ、案外こういう仕事は向いているのかもな。うん、感謝する」

「いえ。また、何かあったら言って下さい」

潤が心持ち意気込んで言うと、泰生は苦笑して頷いてくれた。資料を読む泰生の邪魔をしないように、潤は翻訳中の日記帳を引き寄せた。日記を繙《ひもと》く作業は佳境《かきょう》に入っていた。ちょうど日記の半分をすぎたところか。なかなか波瀾《はらん》に富んだ展開になっている。

日記の『Ｊｅ《ジュ》』に出来た恋人は資産家らしいが、具体的に何をやっているかは教えてくれないという。「仕事や家名で判断されたくない。自分自身を見て欲しい」というのが恋人の意図らしいが、秘密が多いと愛情を疑ってしまうものだ。しかも『Ｊｅ』も、あまのじゃくな性格が邪魔をして素直な気持ちを恋人に伝えられず、最近はケンカばかりだと記されてあった。

そこに登場したのが、恋人の婚約者だという女性だ。

「うーん……。本当に小説の物語みたいだな。恋人が名の通った会社の有力者で、しかも元貴族というお坊ちゃんだったなんて」

泰生が隣の部屋で電話を始めたので、潤は小さく呟いて几帳面《きちょうめん》な文字をなぞっていく。

恋人からは友人だと紹介されたその女性は、『Ｊｅ』と二人きりになったとたん、豹変《ひょうへん》して『Ｙ』と別れろと迫ってきた。上流階級に位置する『Ｙ』は一般庶民にすぎない『Ｊｅ』にとって身分不相応だし、公表していないが自分という婚約者もいるのだから今の二人の付き合いもしょせんお遊びにすぎないと悪辣《あくらつ》なセリフを吐き捨てられたらしい。結果、恋人が秘密にしていた家のことやどんな仕事をしているのかも知れたと言うわけだ。

どうやらずいぶんタチのよくない女性だったらしく、婚約者が現れてから『Ｊｅ』の環境は大きく変わった。恋人には気のいい顔を見せながら、陰で二人を別れさせようと画策《かくさく》する女性に、潤は『Ｊｅ』と一緒になって怒ったり悲しんだりした。

ただ傍観者《ぼうかんしゃ》の潤としては直接恋人に当たってみればいいと思うが、何もかも疑心暗鬼になっている『Je』は恋人に相談出来ないでいる。恋人に決定的な別れを持ち出されるのではないかと怖れているようだ。だから、じっと我慢を繰り返していた。

「はぁ、何だか読むのがつらいな」

潤は日記を閉じてため息をつく。

物語のように波瀾万丈だが、しかしこれは誰かの日記で——言わばノンフィクションであるゆえに——結末が物語のようにハッピーエンドとは限らないことを改めて思い知っていた。

『Je』が素直に口には出せないぶん日記にはこと細かに自分の気持ちを記しているせいで、よけいに感情移入してつらい。恋人の不実を悲しみ、それでも恋人を信じたいという深い愛情、身分違いの恋に対しての動揺やプライベートを秘密にされていた猜疑心《さいぎしん》、いつ別れを切り出されるかという怖れ。それは、直接恋人にぶつければ何か変わるのではないかと思うほどどれも激しい感情だった。

「——悪い、潤。今日の夕食の予定、キャンセルで頼む」

気分転換にお茶でも飲もうかとキッチンに立つと、泰生がコートを手に顔を見せる。

「仕事ですか？」

今日はめずらしく泰生が早く上がれたため、近くのビストロに行く予定だったのだが。

「あぁ。ようやくハインが――ドイツからスタッフが駆けつけてくれたんだ。夕食は総菜屋《そうざいや》から何かテイクアウトしてくれ。帰りは遅いはずだ、きちんと戸締まりしとけよ」

到着が遅れていたという照明デザイナーがようやくパリ入りしたのだろう。パーティーまではあと十日ちょっと。泰生もさらに慌ただしくなっているようだ。

頬《ほお》にキスをして出て行く泰生を少し残念な気持ちで見送り、潤はカップを手にまたソファに戻ってきた。日記帳の表紙にある大きな傷を見下ろしながら、ぼんやりと思索にふける。

「どうしてもあの二人と被《かぶ》るんだよなぁ……」

日記の『Ｊｅ』なる人物がどうしてもある人物を連想させてしまう――ベルナールだ。

遠いところからパリへ語学の勉強にやってきたこともそうだし、若い頃に一生ぶんと呼べるほどの大恋愛をした経緯も似ている。神経質で几帳面、感情を出すのが少し不器用なところも日記の『Ｊｅ』と一緒だ。それに日記の中で出てくる噴水公園や通りの名はベルナールの行動範囲と重なるし、新しく見つけた居心地のいいカフェと日記に書いてあったのは、今ベルナールと一緒に潤もたまに通うカフェのことだった。

「それに、前にムッシュー・ベルナールからフランス語で日記を書くのは勉強になると言われたことがあったし」

呟《つぶや》いて、苦いコーヒーを口に含む。

日記の『Ｊｅ』とベルナールに共通点がありすぎるせいか、最近日記を翻訳《ほんやく》していても無意識にベルナールと一致しないか探してしまう癖がついてしまっていた。そうして潤が先入観を持ちすぎて読むためによけい二人が同一化してしまうのだろう。

日記の中で、人物の名前やそれとわかる描写がないという曖昧さも二人を結びつける原因かもしれない。逆に、名前がないから日記の彼とベルナールが同一人物だと決定づけることも出来ないのだが。

そして重なるのはもうひとり――『Ｊｅ』に出来た恋人『Ｙ』もある人を連想させた。しかもそれは以前ベルナールが語ってくれた元恋人そのものに思えるというおまけつきだ。

「そんなことあるわけないいんだけど……」

『Ｊｅ』の恋人は職種は具体的に記されていないがフランスでも有数の会社の経営者で、身分違いを別れの理由としてあげられるほど格式の高い家に生まれた人間だった。ベルナールの元恋人もまったく同じだ。それどころかベルナールにいたっては、元恋人はアーティスティックな業界に今も身を置き活躍しているという。

潤の知人でまさにその項目に当てはまる人物がひとりいる。

「ぺぺギョームだ」

ギョームはフランスでも一、二位を争うファッションブランド『ドゥグレ』の経営者だし、フランス革命以前は男爵だったという元貴族の出身だ。

「ペペギョームにも忘れられない恋人がいると言っていたし、それが外国からの留学生で名前も『バーナード』なんだから」

英語読みの『バーナード』をフランス風にすると『ベルナール』。偶然にしては出来すぎだ。

「でも、ペペギョームの元恋人は亡くなってる。だから本当はあり得ないはずなんだ」

それに泰生が言うには、『ベルナール』はフランスではよくある姓らしい。名前が『ベルナール』ってだけですぐにギョームの元恋人だと直結させるのは単純すぎると自分でも思った。

「ペペギョームの名前には、日記で恋人のことを表していた『Y』の文字もないし……」

それでも色んなことが符合しすぎて、頭が混乱してくる。

そういえば、ギョームの若い頃の写真が載った本をこの前泰生に見せてもらったっけ……。

そこに簡単なプロフィールがあった気がしたと、潤がソファを立ったとき。

ルルル——…。

電話の呼び出し音が部屋に響き、潤は顔を上げた。この着信メロディは泰生だ。気持ちをすぐに切り替えて寝室へと急いだ。

「もしもし？」

『悪いな、勉強中だったろ』

「大丈夫です。何かありましたか？」

『持ってきたはずの資料が手許にないんだ。もしかしたら玄関に置きっ放しになってないか、確認してくれないか』

どうやら仕事場として一時的に借りている事務所兼倉庫から連絡しているようで、受話口からは音楽や人の声が聞こえてくる。それを聞くともなしに聞きながら、潤は玄関へと移動した。エントランスにあるアンティークカウチの上に、見覚えのある封筒があった。

「もしかして、これ――『アベル・ジョスパン』の資料ですか？」

『やっぱ、そこに忘れてたか。悪いな、せっかく潤が作ってくれたヤツなのに。どうすっかな、バイク便で持ってきてもらうか。でも、万が一にでもモニカが受け取った場合、すげぇ騒動《そうどう》になりそうだ』

「あの、おれが届けましょうか？」

外を見ると、まだかろうじて明るい時間だ。パリに来て、暗くなってからの外出は絶対許さない泰生だが、今だったら大丈夫ではないだろうか。

『いや、しかし――』

「書類を泰生に渡してすぐに帰ります。行きと帰り、ちゃんとタクシーを使いますから」

さすが高級アパルトマンのせいか、一階エントランスにいるコンシェルジュに依頼をすれば、優先的にタクシーを回してもらえる。それを泰生も知っているせいか、最後には渋々だが潤におつかいを依頼してくれた。

さっそく外出の準備に走り、十分後には潤はタクシーの中にいた。

泰生の事務所は凱旋門《がいせんもん》の近くだ。高級ブランドショップが軒《のき》を連ねる通りをタクシーはのろのろと走っていくが、ちょうど渋滞《じゅうたい》で車が停まったときに、ひとつの店舗の奥に泰生のポスターが飾られているのが見えた。

潤は車窓にかぶりつきながら、唇を緩《ゆる》める。泰生が決してこの辺りを歩かないわけだ。

本当は事務所もここに借りるつもりはなかったらしいが、スタッフが泰生に相談もなくさっさと決めたらしい。そんなことが出来るのはきっと噂《うわさ》のモニカではないかと潤は思うのだが。

ようやく到着した事務所前でタクシーを停め、潤は泰生へと連絡を入れる。が、どうやら電話は現在使用中らしく、泰生に繋《つな》がらなかった。五分ほど待ってみるが、状況は変わらない。

どうしよう、事務所に行ってもいいかな。

もう一度連絡しても繋がらなかったため、潤はタクシーを降りた。石畳のパサージュの奥に倉庫を改造した建物がある。実際潤は来たことがなかったが、泰生に話を聞いていた通りだ。アイアンアートで飾られた窓から人影が見え、潤は封筒を握り直してドアを叩いた。

「こんばんは」

先ほど一瞬見えた人影はもうどこかへ消えたらしい。奥の倉庫となっているスペースから音楽が聞こえてくるのを頼りに、整然と並べられた机の横を通りすぎる。

「——誰、あなた」

突然、背後から誰何《すいか》の声がかかった。振り返るとひとりの女性が潤を睨《にら》みつけていた。

肩までの燃えるような真っ赤な髪が印象的な女性だ。高いヒールに襟《えり》ぐりが開いた扇情的《せんじょうてき》なワンピースを着た迫力のある美人だが、潤より一段高い場所からヘーゼルの瞳をきつく眇《すが》める姿からは攻撃的な気配がひしひしと伝わってくる。

もしかして、威圧感ありすぎのこの女性こそが噂のモニカではないか——？

「ここをどこだと思っているの。子供が勝手に入ってくるようなところじゃないわ。今すぐ出て行きなさい。警察を呼ぶわよ」

「待って下さい。おれは橋本《はしもと》潤といいます。泰生の知り合いです、泰生はどこにいますか？」

「ジュン？　あなた、まさかタイセイの恋人の日本人？　一緒にパリに来たという」

あ然と潤の姿を頭からつま先まで舐めるように見ていたが、何が気に入らなかったのかあからさまに顔をしかめる。腕を組むとさらにきつく潤を睨みつけてきた。

「こんな子供と付き合うようじゃ、タイセイも落ちぶれたものね。あなたも、タイセイの恋人だからって勝手に入ってこられたら迷惑よ。ここは子供の遊び場じゃないわ、選ばれた人間しか入れない空間なの。あなたは部外者なのよ、さっさと出て行きなさい」

高飛車《たかびしゃ》にドアを指さされたが、潤は泰生に用がある。モニカと断定していいだろう女性の言葉に従って今出て行くわけにはいかなかった。

「あの、泰生に用があるんです。申し訳ありませんが、泰生を呼んでもらえませんか？」

潤は丁寧《ていねい》に頼み込むが、モニカは苛立《いらだ》ったようにため息をつく。

「本当に、どうしてこんな子供とタイセイが。だから今回彼特有のエッジなセレクトがあんなに鈍《にぶ》ってるんだわ。あなた、今すぐにでも別れなさい。あなたと付き合うことでタイセイは感性を鈍らせているの。そのうち仕事にも影響が出てくるわ。いいえ、もう出ているわね。今回の演出はひどいもんだわ、あんな演出をセレブたちに見せたら笑いものになるわよ」

「え、あの……」

「いいから、今すぐ別れると私に誓《ちか》いなさい。そしてひとりで日本へ帰ったらいいわ。あなたがタイセイのお荷物になっているの。恋人と一緒にパリに来ているからって、タイセイは仕事を切り上げてさっさと帰るのよ。信じられないわ。私は自分の仕事を終わらせて、言わばボランティアでタイセイに付き合ってあげているのに。あなたはタイセイの負担になっているの、それによって私が迷惑をこうむっているのよ」

モニカの言うことは早口すぎて、潤には聞き取れない単語も多かった。それでも、何を言いたいかは伝わってくる。それは潤にとって耳に痛いものだったため、顔がこわばらずにはいられなかった。

「いい？　別れるわね？　約束したわよ」

「ちょっと待って下さい。そんな一方的に――」

猫の子のように後ろ襟を摑んでドアへと押しやろうとする女性に、潤もさすがに焦《あせ》った。

「泰生に会うまでは帰れません、忘れものを届けに来たんです」

「何よ、その封筒？　だったら私が渡してやるわ。貸しなさい」

「いえ、それはっ」

潤の手から強引に封筒を取り上げてしまったモニカに潤はハッとする。

「ちょっと、何よこれっ」

モニカが逆さまに封筒を持ち上げたせいか、資料が滑《すべ》り落ち、床に散らばってしまったのだ。自分が否と言ったはずの照明オブジェの資料をそこに見て、モニカがすぐさま顔色を変えた。きつくつり上がった眦《まなじり》に潤はぶるりと首をすくめる。

潤たちの声を聞きつけて、奥から人が次々とやってきていた。携帯電話を耳に当てた泰生も姿を現わし潤はホッとするが、当の泰生はぎょっと驚いた顔を見せていた。

モニカも泰生の姿を見つけたのか、床の資料を乱暴に摑み上げると泰生につめ寄っていく。

「どうしてこれがここにあるの。私はこれは使わないって言ったわよね。誰が勝手に資料を作ったのよ。ジョゼ？　シリル？　エヴァ、あなたね！」

モニカは次々とそこにいるだろうスタッフを締め上げていく。その間、泰生は無理やりに電話を終わらせたらしく、モニカにストップの声をかけた。

「何やってんだ、モニカ。ひとりで騒ぐな」

「泰生こそ、信じられないわ。この照明オブジェを使う気なの？　今回のコンセプトは地下牢《ちかろう》なのよ、どこまでもシャープで冷たい印象じゃないの。カタコンベに、こんなフワフワした光はいらないわよ」

「だからっ、そもそもモニカのコンセプトのとらえ方が間違っているって何度言えばわかるんだ。それに、取捨選択《しゅしゃせんたく》を判断するのはモニカじゃなくおれだ。そこをはき違えんな」

「あら、あなたのセンスが鈍っているから私が頑張ってるんでしょ。私の目は確かなの、私が一度ダメだと言ったものは二度と持ち出さないで」

モニカが持っていた資料を破り捨てんばかりに手をかけるのを見て、潤は思わず飛びついていた。モニカの手からなかば強引に資料を奪い取る。

「何するのよ、返しなさい」

腰に両手を当て、モニカが凄《すご》んできた。燃えるような赤毛が左右に大きく広がり迫力のある顔だが、潤は必死でその場に踏みとどまる。後ろに回したそんな潤の手から書類を取り上げる腕があった。ぎょっとして振り返ると泰生だった。

「これは、おれがこいつに頼んで作ってもらった資料だ」

後は任せとけと言うように肩を叩かれて、泰生が潤の前に立つ。

「なかなかよく出来てるぜ？　おれの好みもばっちりリサーチして作り上げられている。どっかの誰かみたいに主観も入ってないしな」

泰生のセリフに、モニカが顔を真っ赤にしてわなわなと震えた。

「こんな屈辱《くつじょく》初めて受けたわ。タイセイ、あなた恋人のせいで目の前が見えなくなってるわよ。子供が作った資料がよく出来ていて、私が作ったものがダメだなんてあり得るわけないじゃない。バカにしてるの⁉」

「事実だ。モニカは自分が気に入らないものだととたんに手を抜くだろ。しかも自分が押すものだけを前面に出す。あんたと仕事をしてきたけど、いい加減おれもぶち切れるぜ」

「あら、それのどこがいけないわけ？　私がいいと思ったんだもの、間違いないでしょ」

モニカが平然と答える姿に、泰生は黒瞳に怒りの炎を燃え上がらせた。

「あんたはおれのアシスタントだ。そこに必要以上の主観も主張もいらねぇんだよ。最後通告だぜ、おれがトップでモニカはアシスタントだ。今後はそこをわきまえて仕事をしろ」

泰生の本気の声に、しかしモニカは呆れ果てたように肩をすくめた。

「タイセイも落ちぶれたものね。恋人に感化されてただの人に成り下がったんだわ。今のタイセイにはエッジがきいてないの、こんな腑抜《ふぬ》けた演出を人に見せたら笑われるのよ。トップのあなたの感性が鈍っているから、軌道修正《きどうしゅうせい》してあげているんじゃない。『ドゥグレ』だって私のセンスに感謝するに決まってるわ」

「モニカ――」

「ねぇ、去年の春のパーティーイベントで見せたあのシャープさはどこに行ったの。やっぱりその子と付き合っているのが悪いんだわ。この薄《うす》ぼんやりとした子がタイセイからエッジを奪ったのよ、こうして実際ジュンを見てようやく原因がわかったわ。タイセイ。あなた、さっさとその子と別れなさい。これは将来のあなたを左右する重要なアドバイスよ」

潤はおろおろと二人の言い争いを見ていたが、急に指を突きつけられてひっと息が止まる。

その指を泰生が横からはねのけた。

「おれの恋人に指を突きつけるな」

ひどく低い声で警告する。

「タイセイ、そんなに恋人が大事？　もっと仕事に徹《てっ》しなさいよ、恋人より目の前に迫ったイベントが大事でしょう。あの『ドゥグレ』に演出を頼まれたのよ。こんなチャンスは滅多にないのに、肝心のあなたがそんなんじゃ私もやる気を失うわ。さっさとその子と別れて元のシャープなタイセイに戻って。じゃないと私はあなたのアシスタントをやれないわ。交換条件よ、私が欲しければその子と別れて。その子と今すぐ別れなければ、私はアシスタントをやめるわ」

モニカが泰生に向かって挑発的に顎《あご》を上げた。潤は先ほどからずっと震え続けている手をぎゅっと握り込む。

こんなことで別れるとか別れないとか違うと思うし、泰生が潤と別れることを選択するとも考えていない。けれど仕事で重要な役割についているモニカが自分の立場をかけて別れを迫るというのは泰生にとって困惑する事態ではないだろうか。絶対別れたくないけれど、自分が身を引くと言うべきなのかと潤は途方に暮れた。

しかし、泰生はあっさり結論を出す。

「じゃ、あんたいらねぇわ」

冷え切った眼差しでばっさり切り捨てた泰生に、モニカが引きつった笑みを浮かべる。

「な、何を言っているの」

「聞こえなかったのか？　モニカはもう用なしだって言ったんだ、今すぐここから出て行け」

「冗談でしょうっ。今私に抜けられて困るのはタイセイよ。私がいったいどれだけプロジェクトに係わっていると思っているの。私がいなくなったらすべてがストップするのよ」

モニカが初めて焦った声を上げた。が、泰生の表情は変わらない。

「関係ないな。つか、モニカをこのままチームに在籍させる方が損失になる」

「何ですって!?」

このやり取りには、それまで黙って見守っていた周囲のスタッフたちがさすがに慌《あわ》て出す。

「ちょっと待って、タイセイ。この時期にモニカがいなくなるとやはりマズイよ」

「そうよ。いくらモニカがひどいからって土壇場《どたんば》に来て追い出すのはちょっと――」

「いいから今は恋人と別れると、嘘でも言っとけ」

潤も一緒になってアワアワする。

「恋人のことだけじゃねぇよ。モニカ、あんたはデザイナーのサンドロに中央に据《す》えるパンプスは他のに変えろと言ったそうだな」

泰生の言葉に、他のスタッフが息をのむ。が、モニカはだからどうしたと鼻を鳴らした。

「そうよ。せっかく一番の場所にあんなのっぺりとしたパンプスを持ってくるなんて正気を疑うわ。サンドロの売りは大胆な素材使いと華やかな色彩よ。あんな地味なパンプスを中央に持ってきたら、この先の『ドゥグレ』のブランドイメージにも傷がつくわ」

「あのな、サンドロはフォルムを大事にする堅実《けんじつ》な靴《くつ》も作ってるぜ? 奇抜《きばつ》な靴の方が話題に

上がるから目立つだけだ。おまえが変えろと言ったパンプスは、サンドロが将来愛娘《まなむすめ》に最初に履《は》かせたい靴をイメージして作った渾身《こんしん》の作品だ。絶妙なカーブを作り出すために高い職人技術を要するし、今回発表する中でも一番時間をかけたパンプスだ」

「愛娘をイメージ？　はん、だからあんなに色気がなかったのね。サンドロらしくない。私はあのパンプスに少しの魅力も感じなかったわ。どんなに高い職人技術を使っていようがデザインするのに時間をかけようが、センスを感じなければ売れないのよ」

「あのパンプスが色気がない？　おれはモニカのセンスこそ疑うぜ。あんたには本当に失望した。最後まで勘違いしていたようだが、今回サンドロから演出を依頼されたのはモニカじゃなくおれだ。サンドロが評価したのはおれの演出であって、モニカの頭でっかちなセンスじゃねぇんだよ。トップを飛び越してクライアントに見当違いなケチをつけたり、自分の無能さを棚に上げて他人を非難してばかりのスタッフなどおれはいらない。とっとと出て行け」

「――後悔するわよ」

モニカがぎらぎらと睨みつけていた。それを泰生は涼しい顔でかわし、去れとばかりにドアの方へ顎をしゃくる。モニカは火のような赤毛を大きく翻《ひるがえ》して足音も荒々しく出て行った。

「タイセイ、本当なのか？　モニカがサンドロにケチをつけたって」

「あぁ。たった今サンドロから電話がかかってきた。すげぇ怒って、今すぐモニカをスタッフから外せと要求してきたんだ。取り成そうかと思ったが、モニカがあれじゃ早晩《そうばん》また揉《も》めるだろ。さっさと切るほうが正解だ」

清々《せいせい》したと吐き捨てる泰生にスタッフたちも苦笑するが、その顔は皆一様に引きつっていた。モニカが抜けることはそれだけ深刻なんだと潤にも伝わってくる。

「取りあえず、スタッフ全員にこのことを連絡。モニカが携わっていた仕事をひとつ残らずチェックして後を引き継いでくれ。おれはこれからミラノに飛ぶ。サンドロを宥《なだ》めに行かないと仕事にならない。へそを曲げたら頑固《がんこ》だからな、あいつは」

「今から、ミラノに行くんですか」

潤はぎょっとして思わず声を上げてしまった。スタッフの視線が潤に集まってくる。そういえば、こいつもいたという興味津々《きょうみしんしん》な眼差しだ。

「おれの恋人の潤だ。無事でいたかったら皆も係わらずにいてくれ、おれのタブー地帯だ」

そっけない言い方ととんでもない紹介に、皆が怖れたように目を逸《そ》らす。潤は小さな声で「こんばんは」と挨拶をした。

「潤、帰るぞ。おれは今日はミラノ泊まりだから、おまえのことはギヨームに連絡してあっちの屋敷に泊めてもらおう」

「え、ひとりでアパルトマンにいても平気です」

「ダメだ。おれが心配でミラノに行けない。時間がない、いいから行くぞ」

泰生に背中を押されて、潤は事務所を後にした。待ってもらっていたタクシーに乗り込むと、すぐに泰生はギョームに連絡をしている。ひと通り説明して承諾を得たのか、ようやく泰生が肩の力を抜いて潤にもたれかかってきた。

「悪かったな、面倒に巻き込んじまった」

「いえ、おれの方こそすみません。モニカさんに資料を見つけられてしまって」

泰生の体の温かさに潤も癒やされていく感じがする。そこで初めて自分も疲れていたことに気付いた。モニカの強烈なオーラに当てられたのかもしれない。

「あの、大丈夫ですか？　モニカさんがスタッフをやめて」

色んな要因があったが、自分もその一因を担っていると思うと申し訳なさに肩が下がる。

自分が事務所まで出向かなかったら、あそこまで騒動にならなかったかもしれない。泰生の恋人である自分の出現や部外者が作った資料の件がなかったら、モニカも意地にならなかったのではないか。

「モニカ相手に殊勝《しゅしょう》になるだけムダだから、気にするな。仕事の件は、まぁ…何とかなるし何とかするしかないだろ。どっちにしろ限界だったんだ、おれの怒りのメーターがあの瞬間ぶち切れた。潤と自分を同じ天秤に乗せるなど、ふざけんなって感じだ」

「………あの、モニカさんはデザイナーからの要請《ようせい》でやめさせられたんですよ…ね？」

「もちろんだろ」

何言ってんだとばかりに泰生は肯定してくれたけれど、それを信じていいのか潤は少し心配になった。本当は自分のせいでモニカはやめさせられたのではないか、と。

「本当に本当ですか？」

「うっせぇ、おれを信じろ。それにさっきも言ったが、サンドロは一度へそを曲げると厄介なんだ。モニカがいる限り何だかんだって文句が出てたはずだから、やめさせて正解だ」

重ねて問う潤に、泰生はそう言って強引に話を締めくくる。

その日、高級住宅街の一角でもひときわ大きなギョームの屋敷に潤はお世話になった。と言っても、ギョームとは少し話をしただけだ。最終便でミラノへ飛んだ泰生が心配で潤が落ち着かずにいたのを知ってか、ハーブティーを一緒に楽しんだあとはそっとしておいてくれた。

実際、モニカがいなくなった影響は大きかったらしい。潤をギョームの屋敷に預けてまで仕事のために奔走《ほんそう》したのはその日だけだったが、以降も泰生は毎日忙しく走り回っている。

モニカはセレクトショップのバイヤーという立場を生かして、資材やインテリアのセレクト、また実際に手配や搬入も一括して任されていた。パーティーまではもう日も迫っているため資材の手配はすでに済んでいたのが幸いしたようだ。今は、搬入状況の確認に追われている。

しかし調べていくと、手配したはずのものが勝手にキャンセルされていた事例が幾つも発覚した。どうやら、やめさせられた腹いせにモニカが裏で手を回したらしい。他にも、搬入が途中で止められていたり特注のオブジェが別のショップに横流しされたりしていることも判明した。そんなモニカに法的措置を執るべきだというスタッフもいたが、今はとにかくパーティーまで日がないため、チームはイベントの成功だけを目指して対応に走り回っているという。

チームのトップである泰生はさらに忙しいのだが、本来のモデル業も多忙を極めており、ここ一週間ほどアパルトマンへの帰宅はずっと深夜だった。しかも、帰ってもパソコンから離れられなかったり電話がかかってきたりと、少しもゆっくり出来ない。

そんな泰生に、自分が一因となった今回の騒動を潤も気にせずにはいられなかった。モニカが口にした『泰生のお荷物』発言がずっと胸に巣食っていたせいもある。

パリでの過保護さが実際に泰生の仕事にまで影響していることを知っていた潤には、モニカの発言はひどくこたえた。自分がいることで泰生の活動に制限がかかっている――それが潤にはとてもつらい。しかも潤に出来ることは何もなかった。仕事は手伝えないし朝方近くまで起きている泰生の傍らにいたってやることもない。ただただ泰生の仕事の成功を祈るばかりだ。

だからせめて、忙しい泰生によけいな負担はかけないように潤は学生の本分である勉強に励んだ。特に外出は控えたために、はからずも日記の翻訳はずいぶんはかどった。

「——うん、わかりました。夕食はもう取ったから。はい、泰生も気をつけて」

今日もアパルトマンへの帰りが遅くなりそうだとの泰生からの電話をそっと切る。沈黙した携帯電話を見下ろして潤はため息をつきかけるが、気分を変えるように首を振った。

「よし、これで夜まで集中して勉強だ」

端に寄せていた辞書を引き寄せて、潤は日記の最後のページに取りかかる。

この展開では、幸せなエンドマークになりそうにないのがきついな……。

眉間《みけん》のシワをペンの頭で伸ばしながら、フランス語を辿《たど》り始める。

パリに語学留学した日記の『Ｊｅ』に資産家で元貴族というおぼっちゃまな恋人『Ｙ』が出来たが、婚約者と名乗る女性が登場して波瀾を巻き起こすくだりだ。

なかなか別れない二人に業を煮やした女性は、恋人の留守中を狙って『Ｊｅ』を呼び出し、人を使って乱暴を働いたのだ。薬を使われて朦朧《もうろう》としたところを複数の男から暴行され、写真を何枚も撮られたことが少し乱れた文字で日記に書かれており、潤もペンを持つ手が震えた。

その騒動のなかで実は女性が婚約者など真っ赤な偽《いつわ》りだったこともわかった。どうりで表だって何も出来なかったわけだ。潤は今こそ恋人に助けを求めるべきだと思ったけれど。

「でも、やっぱり無理かな――…」

自分がもし同じ目に遭ったら絶対言えないとも考えた。自分が他の人間に穢《けが》されてしまったら、きっと泰生の前に立つのさえ苦しくなるだろう。

案の定、『Ｊｅ』も恋人に告げることは出来なかったらしい。けれどそれが裏目に出た。

望んでいなかったとはいえ恋人を裏切ったことに苦しみ、乱暴の恐怖に夜も眠れない『Ｊｅ』だったが、女性の企《くわだ》てはそこで終わらなかったのだ。

十一月末、冷たい北風が吹く午後――帰宅した恋人から、暴行を受けたときに撮られた写真を投げて寄越された。呆然とする『Ｊｅ』を、恋人はさらにきつくなじってきたという。

最初は何が何だかわからなかった『Ｊｅ』だが、どうやら女性が恋人に現場で撮られた写真を見せて『Ｊｅ』の不実を告げ口したらしいと気付く。ありもしない事実と共に。

『Ｊｅ』は相当ショックだったらしくそのやり取りについては詳しく記されてはいなかったが、前後の文から察するに、『Ｊｅ』が複数の人間と付き合っており、資産家である恋人の財産を狙っている等の話を女性から吹き込まれたようだ。

恋人がなぜ『Ｊｅ』にプライベートをずっと秘していたのか。その理由が、恋人『Ｙ』が恵まれすぎた立場であるゆえに自分の地位や財産を狙って近付いてくる人間に嫌気が差していたことに所以《ゆえん》するのだと、はからずもその時に『Ｊｅ』は知ってしまった。身分も肩書きも関係なく愛してくれていたはずが実は違ったのだと恋人は裏切られた気持ちになり、それゆえにここまで激怒してしまったのだとも。

けれど『Ｊｅ』はそれよりも何よりも、恋人が女性の嘘を簡単に信じてしまったことにショックを受けていた。誤解だと何度も口にしたが、恋人はそんな抗議には耳も貸さずに『Ｊｅ』をアパルトマンから追い出してしまったことにも。

〝行く場を失い、カフェでこの日記を書いている。私は愛さえも失うのだろうか。一生に一度の愛のはずなのに〟

日記は、そこで終わっていた。

潤はこぼれ落ちる涙をぐいっと袖口で拭《ふ》く。

「ひ……っ、ぅー……」

どうしてこんな結末を迎えてしまったのか。『Ｊｅ』が恋人へ向ける愛情はあれほど純粋で深く、真っ直ぐだったのに。

涙で汚れそうになった日記を潤はそっと閉じた。

愛を失ってしまったから『Ｊｅ』はこの日記を処分してしまったのだろうか。『Ｙ』への愛が綴《つづ》られた恋文と言ってもいい日記を、持っているのがつらくなったのかもしれない。それとも新しい愛を見つけたから日記を手放すことが出来たのか。

色んな可能性を考えるが、悲しみの余韻《よいん》が強すぎて今はもうこれ以上何も考えられなかった。泰生の帰りを待っていようと思ったけれど、今日は眠ってしまいたい。

疲労した頭のせいでフラフラしながら、潤はベッドに潜《もぐ》り込んだ。

「どうしたんだい？　目が真っ赤だね。しかもはれているじゃないか、タイセイとケンカでもしたのかい？」

ふくよかな体にヘリンボーンのスリーピースという装《よそお》いのギョームが、テーブルの向こうで心配げに眉を寄せた。そんなギョームの気遣いが嬉しくて、潤は小さくはにかむ。

「いえ、本を——悲しい恋物語の本を読んだので」

昨夜泣きながら眠ったせいで、朝起きると顔が残念なことになっていた。と言うより、隣で寝ていた泰生の叫び声で起こされたのだ。

『顔がひどいぞ。何があった』

ひどいのは泰生だ。顔がひどいなんて、そっちこそひどい……。

思い出して、表で電話をしている泰生の後ろ姿を潤はガラス越しに恨《うら》めしく見つめる。

長身ですらりとバランスの取れた肢体に無造作にシャツを引っかけ、くるぶし丈のズボンをはく泰生はひどく注目を集めていたが、寄るな触るな近付くなと拒絶するオーラを全開にしているため誰もが遠巻きに眺めているだけだった。

泰生はあれだけかっこいいのに、今日のおれはぼろぼろだ……。

そんなこんなで本当は今日一日アパルトマンにこもる予定だったが、ギョームから近くまで行くからコーヒーでも飲まないかと連絡が入ったのは小一時間ほど前。急きょ熱いシャワーと冷たいタオルで原状回復に努めたが、やはり元通りとは行かなかったらしい。

「タイセイを誘ったのは悪かったかな」

電話を終わらせたと思ったらまた次の電話がかかってきたらしい泰生を見て、ギョームも苦笑している。

「いえ、泰生も気分転換になると言ってましたから。ぺぺギョームに誘っていただかなければ、泰生もおれもこのカフェに来ることはなかっただろうし」

「タイセイがこの手のカフェに来たがらないのはわかるけど、潤はどうしてだい？　パリの街にふさわしいカフェだと僕は思うがね。日本人にも人気があるカフェのはずだよ」

「その…おれにはちょっと華やかすぎて、普段訪《おとず》れるには気後《きおく》れするというか……」

潤が今いるのは、アパルトマンからすぐ近くにある実にパリらしいカフェだ。華やかな外装に洒落《しゃれ》た店内。大通りに面したテラス席は観光客に人気らしく、店はいつも客であふれていた。

パリのカフェを体験したいと潤が最初に訪れて、挫折《ざせつ》した店でもある。

そして、日記の『Je』が恋人と出会ったのもこのカフェだ。そういう意味でも昨夜の今日でここを訪れたのはつらかったが、こういう機会でもなかったらきっともう気分的に来られなかっただろう。

ギョームは潤のセリフを聞いて不思議そうに首をひねっている。元貴族のムッシューにはゴージャスすぎて居心地が悪いという感覚など理解出来ないのだろう。

「でも、そういえばそんなことを昔言っていた人がいたな。ここは華やかすぎる、と」

しかしわからないと思ったギョームがふと何かを思い出したように声を上げた。懐《なつ》かしそうに店内を見回している。小さな痛みをこらえるような横顔が気になってギョームを見つめていると、目の前の老人は恥ずかしそうに笑ってみせた。

「何、若かりし頃の恋をね。思い出していたんだ」

「もしかして、大恋愛をされた方ですか?」

潤がおそるおそる口にすると、ギョームは驚いたように目を見はる。すぐにふっと口元を緩めた。

「タイセイから聞いたのかい」

「少しだけ。昔ぺぺギョームが大恋愛をしたって」

「それは恥ずかしいな。今よりずっと若くてハンサムで、自分を中心に世界が回っていると疑いもしなかった頃の話だ。実はね、このカフェで出会ったんだよ。僕の運命の相手だった」

「え……」

潤は言葉を失った。

信じられない。これは本当に偶然なのか――。

つい今しがたも思い出していたが、昨日悲しい結末を迎えた『Ｊｅ』が恋人と出会ったのもこのカフェだ。『Ｊｅ』がパリに来た当初よく通っていたが、自分には不似合いだと間もなく別のカフェを見つけて通うのをやめた。が、その間に恋人の『Ｙ』と出会っている。

また共通項を見つけた。

潤は胸がドキドキした。そんなことはないと思いながらも可能性も捨てられない。

「あの、どんな人だったんですか?」

「そうだな、とても美しい人だった。夜を統《す》べる月の化身のように凛《りん》とした美貌でね、華やかさの対極にあるのは地味とか大人しいとかではなく彼のような硬質《こうしつ》な美しさだと僕に新しい感覚を教えてくれた人でもあるんだ。滅多に笑顔は見せてくれなかったが、笑うと光がこぼれるような柔らかい表情になってね、僕の心を何度も震わせたよ」

ギヨームの熱烈な言葉に、自分の方が恥ずかしい気持ちになる。

「パリには語学の勉強のためにやってきたんだ。その通りに真面目で勉強家で、いつも本を手放さなかったよ。どうして彼が軟派《なんぱ》だった昔の僕を好きになってくれたのか、実は今でもわからないんだ」

「ペペギョームは軟派だったんですか？」

「昔はもてたからね」

ウインクしてみせるギョームは、確かに胸をくすぐるような華やかさがあった。

「でも、恋人が出来てからはひと筋《すじ》だったんだよ。彼と一緒にいると楽しくてたまらなかった。別段何かを話すわけでもなかったが、彼の存在自体に癒やされたんだ。滅多《めった》に甘えてもくれなくてとてもクールだったが、寄せてくれる愛情を疑ったことはなかった。でも、そのうち確かな言葉が欲しいなんて思ってしまったんだ。いつしかケンカばかりするようになった。最後の頃、僕はロジェの悲しげな顔しか思い出さないんだ」

ギョームこそ悲しげに目を伏せている。潤はなんと声をかけていいかわからず、唇を噛む。意味もなく何度もコーヒーをかき混ぜた。

話を聞けば聞くほど、日記の『Ｊｅ』やベルナールとの共通点が生まれる。もしかして、ギョームの元恋人はベルナールであり日記の『Ｊｅ』ではないのか。だったら二人はやり直せるではないか。ギョームもベルナールもお互いに今も愛し合っている。

潤は何度も訊ねてみようとした。恋人が亡くなったというのは本当なのか。何か勘違いをしているのではないか、と。それさえクリア出来れば二人が恋人だった可能性はぐんと高まる。

潤は何度も唇を舐め、口を開きかけた。けれど自分の考えこそが間違いだったら、ギョームをさらに悲しませることにならないか。そう考えると、また唇を閉じてしまう。

以前、友人の恋を応援しようとして周りが見えなくなったときがあった。恋愛には複雑な気持ちが付随《ふずい》することも忘れ、よかれと思って潤はひとり暴走してしまったのだ。幸いにも誰かの心を傷つけるようなことはなかったけれど、あの時に気をつけるべきだと思い知った。

だから、今もどうしてもひと声が出ない。けれど結果それがよかったことを、ギョームの次のセリフで知る。

「最後は事故だったよ。重機《じゅうき》の転倒事故に巻き込まれたんだ、彼が乗っていたバスに直撃してね。悲惨な事故だった。重いクレーン車の下敷きになってバスはほとんど押しつぶされてしまったんだ。彼の他にも何人も亡くなったしずいぶん多くのケガ人も出た」

ギョームの悲痛な声に、潤はつめていた息を震える喉から吐き出した。

やはり違ったんだ。よく似た境遇《きょうぐう》だったが、ギョームの恋人はベルナールではなかった。

「僕が彼を死なせたようなものだよ。一時の怒りに感情的になって彼を突き放した。あまりに愛しすぎたから、裏切られたと絶望して冷静にものが考えられなかったんだ。よく考えれば彼があんなことをするわけがないのに。いや、今何を言っても言いわけだな。僕が彼を殺したんだ」

悔やんでも悔やみきれないというギョームに潤は眉を下げる。テーブルの上で小刻みに震える手に、潤はそっと自分の手を重ねた。

「——ダメだね。この場所はずっと封印していたのに、つい大丈夫だと思って来てしまった。男は昔の恋を引きずると言うが、本当だね、この年になってもまだ忘れられない。老人の恋は始末に負えないよ」

次に顔を上げたギョームはいつもの明るい雰囲気に戻っていた。潤はあわせるように引きつる唇を微笑ませるが、それが成功している気はまったくしなかった。

「何だよ、えらくしんみりしてるじゃねぇか」

湿ってしまった空気を本当に払拭してくれたのは、泰生の明るい声だ。ようやく電話を終わらせたのだろう、ずいぶん疲れたように潤の隣に座る。

「あー、喉が渇《かわ》いた」

ギャルソンにシトロナードを注文すると、当然のように潤の水のグラスを奪い取った。

「好き勝手させていいのかい？」

ギョームは呆れたようだが、潤は苦笑して頷く。

「日本人がワーカーホリックなのは知っていたが、まさかそれがタイセイにまで当てはまるとは思いもしなかったよ」

「悪かったな。でも今日ギョームが会いたかったのは潤だろ？　おれはオマケだから忙しくしても目を瞑《つむ》ってくれ」

「ふふふ。どうやら、タイセイはフランス女性を扱いきれなかったようだね」

ギョームのセリフに泰生は面白くなさそうにそっぽを向いた。その揶揄《やゆ》が何か潤にはすぐにわからなかったが、ややあってモニカのことだと思いつく。チームスタッフだったモニカが問題を起こした事件をギョームも知っているらしい。

「ったく、この情報の速さをもってしてどこが引退しただよ」

「それだけ皆がタイセイに注目しているってことだろう。最近のタイセイは順風満帆《じゅんぷうまんぱん》だからね、たまには苦労してみるといい。俄然《がぜん》、あさってのパーティーが楽しみになったよ」

「人が悪いジジイだぜ。ほら、潤。ギョームの本性はこんなだ、騙《だま》されんなよ」

さすがの泰生もギョームが相手となると分が悪いらしい。苦虫を噛みつぶしたような泰生の顔を見て、潤は小さな笑いがこみ上げてくる。そこにギャルソンが泰生のグラスを運んできた。シトロナードは、フランスのレモネードだ。

「モニカ・マルタンといったか？　例のフランス女性は。ずいぶん強烈な女性だそうだね」

「あれをフランス女性の代表みたいに言ったら、周囲のマダムたちに睨まれること請け合いだぜ？　まだギョームが女性にもてたかったなら気を付けた方がいい」

「おう、怖いな。肝《きも》に銘じておこう、僕もまだまだ現役だからね」

普通の会話をしているのだろうが、何となく二人とも少し物騒な感じがして潤はその会話に加われなかった。三人でブランチを楽しみ、ギョームと別れたあとで泰生に聞くと、そのわけがわかる。

「モニカには何らかの制裁が下るだろうな。法的措置も考えたが『ドゥグレ』としては今回の騒動をあまり大げさにして欲しくないらしい。まぁ、モニカにとっては法的にさばかれた方がマシだったかもしれないが。ギョームはああいうことには昔から厳しいから」

色々問題がありすぎたモニカだが、フランスの一大ブランドから何らかの制裁が下されると聞くと少し気の毒な気もする。

「それでも、実力があればまた這《は》い上がってくるだろ。前途まで潰《つぶ》してしまうようなジジイじゃないからな」

「そっか」

「何だよ、そのよかったとでも言いたげな口調は。ったく、潤だっていじめられたんだろうが。相変わらず甘いというか優しすぎるというか」

泰生から困ったように笑われてしまう。けれどそんなのんびりとしていられたのもそこまでだった。部屋に戻ったのを見計らったようにかかってきた電話に、泰生の顔色が変わる。

「は？　ちょっと待てよ。土壇場に来て何だよ、それ」

フランス語でまくし立てる内容に耳を傾けると、どうやら主要の照明器具がまだ届いていないのがわかったらしい。その照明器具については潤も少し覚えがある。モニカが自分の判断で勝手に注文数を変えたため、再発注をめぐって泰生が怒りに燃える姿を見ていた。まだ届いていないのは、その再発注をかけた追加分のふたつらしい。

「日本から二日弱で届くか。ぎりぎりか、いや無理か」

泰生はパソコンでサイトを開き、難しそうに眉を寄せていた。

「今、日本は十九時で……今からお願いしてパリまで持ってきてもらえるかね。しかし、あの社長のことだ、きっとヘソ曲げてるな。一方的にキャンセルしたことになってるから」

今回の騒動で幾つか資材の再発注をかけなければならなかったが、その際にモニカから問答無用でキャンセルを告げられ資材を突き返されたと立腹する会社やクリエーターが多く存在することが判明し、再手配には大変手間取ったと聞く。日本のその会社もそうなのだろうか。

心配げに泰生の背中を見守り、潤はソファに座る。

「わかった、取りあえずおれが日本に連絡する。追って指示を待て」

電話を切った泰生は、すぐまた携帯電話を耳に当てた。今言っていた日本の照明器具メーカーへだろう。しかし、話の様子からあまりいい具合ではなさそうだった。

最初やはり商品をキャンセルされたことに会社は腹を立てていたらしいが、その件は泰生と話すうちに機嫌を直してくれたようだ。が、問題はどうあってもあさっての昼までにパリへ持って来られないこと。どうやら日本の地方にある小さなメーカーで、会社スタッフにお願いしてパリへ持って来てもらうにしても、手配準備や移動時間を計算するとどうしても間に合わないという。

泰生はさすがにしかめっ面で電話を切っていた。

「ッチ。似た照明器具を探すか、他の照明で補うか。それともすべてを新しい照明器具に変更すべきか。ったく、頭痛いぜ」

資料が置いてある書斎へ歩いて行った泰生に、潤はそっとパソコンの画面を覗き込む。遠目からだったが、何だか見覚えのある照明に見えたからだ。

「どこで見たんだっけ……」

極限まで薄く削った木の皮を花のように組み合わせた照明シェードだ。『フルリール』というシリーズでフランス語だと花が咲くという意味だが、その名の通り、どうやら灯りが点《とも》ることで熱によって木の皮がふわりと花開くように広がるらしい。薄い木の皮を通して淡い光がこぼれ落ちるネット上の画像はなかなか美しかった。

この照明を自分はどこで見たのか。しばらく考えるがすぐには思い浮かばなかったため、とりあえず泰生を追いかけて書斎へ行く。泰生は以前潤が分別した資料棚の前に立ち、電話で経過を説明していた。今回のスタッフの中に照明デザイナーがいるため相談しているのだろう。

「泰生、手伝っていいですか？　あのパソコンにあった『フルリール』シリーズに似た照明を探しているんですよね」

「あぁ。しっかしまだ資料にはろくに目を通してなかったから、ここから探すのは大変だな。あいつらが何か見つけてくれるといいが」

「おれ、少しだったらわかります。えっと、同じ素材で作られた照明が確かここに――」

潤は自分で整理した資料の中から目的のものを取り出す。

「あと、形が似ているものはこの雑誌で特集が……あ、これです。あと、カタログのこれも少し似てませんか」

「――潤。おまえ、ここにある資料をぜんぶ覚えてるのか？」

泰生が驚愕《きょうがく》して潤を見つめてくる。その驚きが潤には少し恥ずかしかった。

昔から勉強だけに特化して育ってきたせいか、こういう暗記ものは得意分野だ。しかも今回は泰生が関わる仕事を知りたいがためにファッションやインテリア関連の語彙を増やそうと、辞書を片手に丁寧に読み込んだせいもあった。

そんな、理由が理由だけにあまり誇れない気がして潤は早口で言いわけする。

「ぜんぶとまでは行きませんが……。あと、何か探すものはありますか？」

「よし、取りあえず似たものをピックアップ出来るか？　形や素材、雰囲気で似たようなヤツ」

泰生に請《こ》われて、カタログや資料を次々と棚から抜き出していく。泰生も片っ端から目を通すが、気に入るものはないらしい。潤自身も納得いかなかった。自分はもっとあの照明にそっくりなものをどこかで見たはずなのだ。まったく関係のない場所で、どこか――。

「あぁっ」

潤はようやく思い出し、持っていたカタログをなかば放り出すように机へと駆け寄った。自分の勉強道具が置いてある机の上からそれを探し出してページをめくる。

「泰生、これ――」

「潤。この冊子はどうした？」

泰生の声は、興奮を無理に抑《おさ》えるような奇妙にフラットなものだった。それもそのはず。潤が広げている冊子の写真――どこかの屋敷のサンルームの天井を飾っているのがまさしく『フルリール』の照明だ。

「これ、ムッシュー・ベルナールにもらった冊子なんです」

以前『アベル・ジョスパン』の資料作りでベルナールに協力してもらった際、泰生が好きそうなグッズが載っていると仕事場からもらって帰ったものだ。ヨーロッパ全土に会員を持つ大きな園芸協会の会報らしい。その中の、お宅訪問みたいなページにその写真はあった。

「これ、日本に住む子供から送ってきたものだって書いてあります。間違いないですよね？」

「あぁ、間違いないだろうな」

「これをイベントのときだけ借りることが出来ないかなって。どうでしょう？」

「あぁ、そうだな。でかした、潤！」

「わ、わ、わぁっ」

突然、泰生に抱きすくめられた。感激したように頭や額《ひたい》、頬や唇にキスの雨が降ってくる。

「おまえ、すげぇな。記憶力がいいだけでもすごいってのに、とうとう本物を見つけ出してくるなんて。強烈な運も持ってたんだな」

「た…泰生～っ」

「あー、よしよし。んじゃ、さっそく連絡してみるか。潤、サンキュな」

小さく悲鳴を上げる潤に、泰生がようやくキスをやめてくれた。興奮しているせいか泰生の黒瞳がキラキラ光っている。それを見ると、潤も嬉しさがこみ上げてきた。奇蹟のような偶然に今さら手が震えるような気がする。

「――っち。やっぱダメか」

しかし、ことはスムーズには運ばなかった。

会報を作っている版元に連絡して写真の人物に連絡を取りたいと申し出たが、教えてくれなかったのだ。いきなり見ず知らずの人物から電話がかかってきても版元がそう簡単に対応してくれるとは泰生も思わなかったらしいが、対象がプライベートな園芸協会の会報ということで通常以上に交渉が難しいようだ。

「厄介だな。プライバシーの問題があるのはわかるが。どうするか――」

泰生が考え込むように携帯電話を睨みつけている。

「あの、ペペギョームに仲介してもらうのはダメですか」

フランスで力を持つギョームに間に入ってもらったらどうかと訊ねたのだが、泰生からは思いのほか厳しい答えが返ってきた。

「それは禁じ手だな。今回ギョームは言わばクライアントだ。スタッフ同士のトラブルから発生したミスで、クライアントに助けを請うなどあり得ない。優しそうに見えるが、ギョームは仕事には厳しい人間だ。何より、おれのプライドが許さない」

土壇場に来ているはずなのに、泰生の言葉は真っ直ぐで力強かった。

「すみませんでした……」

「謝るな、その気持ちだけもらっとく。おまえが心配することはねぇよ。あぁ——そういえば、これはベルナールにもらったって言ったな？　ベルナールが手がけた仕事なのか」

「はい。確か、そうおっしゃっていました」

「——よし。んじゃ、そっちから攻めてみるか。潤、ベルナールに電話だ。いや、直接会ったほうがいいか。潤、今からベルナールのアパルトマンを訪ねるって連絡しろ」

「は、はいっ」

意気込んで書斎を出て行く泰生のあとに潤もいそいそと続いた。


連絡を入れたとは言え、突然連れてきた泰生に、ベルナールはムッとした顔を見せていた。

「ムッシュー・ベルナール、おれのたっ…大切な家族で榎《えのき》泰生と言います。泰生、あの、彼がムッシュー・ベルナールです」

潤が二人を紹介すると、隣で泰生が潤にだけわかるように目で合図を送ってくる。泰生の紹介に『大切な家族』と付け加えたのは、本人からの強い希望だ。愛あるイジメとも言う。

「初めまして。会えて嬉しいぜ、榎泰生だ。潤が世話になってるらしいな」

「ベルナールだ…………。ロジェ・ベルナール」

なぜか少し躊躇《ちゅうちょ》するようなベルナールの自己紹介に潤はハッと顔を上げた。

ロジェ・ベルナール。

そういえば、ベルナールの名前を潤は今初めて知った。

が、今ベルナールが口にした『ロジェ』という名前は、つい先ほど聞いたばかりではなかったか。午前中ブランチをとったカフェで、ギョームとの会話の中に。

潤は呆然と、若い頃は月の光を思わせただろうあせた銀髪を見上げる。

「君はモデルの『タイセイ』だな。今世界で一番注目されているトップモデルの」

「へぇ。ムッシューのような人間にまで名前を知られているとは光栄だ。でも、あんたの仕事ぶりからすると知っててもおかしくないか。ずいぶんこっちよりの仕事をしてるみたいだし」

仕事場にある本棚を見回す泰生に、ベルナールの眼差しがわずかに尖った。その視線がその鋭さのまま流れてきて潤は目を瞬《しばたた》く。

「まさかジュンの恋人が世界一扱いづらいと噂のタイセイとは思わなかった。ジュンはどうやってこの男を御《ぎょ》しているのか、今後の参考までに教えてくれないか」

「え、え?」

「別に御されちゃいねぇよ。愛し合ってるだけだ」

それに答えたのは泰生だ。潤は赤面するが、ベルナールは皮肉げに唇を歪めている。

「ところで、どうしておれは初対面のあんたから突っかかられなきゃならないんだ？　突っ込まれてまずいことでも言ったか」

肩をすくめて切り込む泰生に、ベルナールは気まずそうに顔をしかめた。

そんなベルナールに潤も不思議に思い、何が彼の心を乱したのかと泰生のセリフを思い出す。

奥の本棚を覗き見るが、別段おかしなものはなかった。デザイン関連の翻訳を主にやっていると言う通り、インテリアやアートなどさまざまな本が棚にある。しかし——注意深く見てみると、中でもファッション関係の本がずいぶん多いことに気付いた。

ファッション関係————？

ふと心に何かが浮かびかけたが、そんな潤の意識を引き戻すようにベルナールが話しかけてくる。

「まぁいい。それで何の用だ。私に頼みがあるそうだが」

頼みに来たと言うわりには態度はでかいがな、とチクリとつけ加えることも忘れない。

話し出したのは泰生だ。潤が言うより何倍も上手くベルナールに伝えることが出来るだろう。

事実決して卑屈《ひくつ》にならず、しかし丁寧に交渉を進めていく泰生に潤は頬が上気する。

「ふむ。この会報を作っている版元とは確かに付き合いはあるが」

ベルナールが考え込むしぐさを見せた。組んだ腕の先で、人差し指でトントンとゆっくりリズムを取る。おもむろに顔を上げると、じろりと泰生を見上げた。

「パーティーに使用したいと言ったな？　何のパーティーか聞いていいか」

「『ドゥグレ』の新作発表だ」

ベルナールの指のリズムが一瞬乱れる。それも刹那《せつな》のこと。すぐにベルナールは腕組みを解くと、仕事スペースへ足を引きずって歩いて行く。どこかへ電話をかけるようだ。

息をつめて見守っているなか、ベルナールは電話を終えて戻ってくる。

「今から十分後だ。社からも連絡を入れるらしいから十分待て。もし相手に断られたら、その間までにうちに連絡がある」

まだ泰生に渡すことはなかったが、ベルナールが持つメモにはあの写真にあった屋敷の電話番号が記されているのだろう。潤は歓喜の声を上げたいのを必死で我慢する。まだ交渉は終わっていない。いや、これからなのだから。

果たして十分後。泰生はゆっくり携帯電話を耳に当てた。

「――直接明日ロンドンまで取りに来て欲しい、か」

ロンドンに住むという屋敷住人との話し合いは、思った以上にスムーズに運んだ。版元が口をきいてくれたことが大きいらしいが、泰生の話術に引き込まれたせいもあっただろう。

それでも、息子から贈られた大切な品だけに第三者に配達を依頼するのではなく、直接スタッフが責任を持って自宅まで取りにきて、また戻すことが条件らしい。

「誰か、任せられるヤツはいたか」

泰生は顎に指を当てて難しげに顔をしかめている。

パーティーはあさってだ。明日となると、今日以上に泰生もスタッフも忙しくなる。時間の空いたスタッフで、なおかつ信頼の置ける人間はなかなか思いつかないらしい。

悩む泰生を見て察した潤は自分が手を上げた。

「あの、おれが行きたいです。おれに行かせてもらえませんか」

泰生と違って、潤には時間がある。見かけは頼りないかもしれないが、気概《きがい》だけは十分あるつもりだ。泰生を手伝いたい。自分も役に立ちたい。その気持ちで泰生を見つめた。

しかし泰生の答えはやはり想像通りだった。

「何言ってんだ。ダメに決まってるだろ」

最初から考えてもいなかったという雰囲気に潤はぐっとつまる。が、それでも今回は潤も引き下がれなかった。

「でも、明日になるとスタッフは今日以上に忙しくなります。ロンドンまで行ける余裕のある人はいませんよね？　だったらおれが行きたいです」

「ダメだ。潤ひとりをロンドンへは行かせられない」

「あの、でもっ、英語はフランス語より出来るつもりだし、だから——」

「——潤、おまえの手伝おうって思ってくれる気持ちは嬉しいぜ。だが、おまえをひとりでロンドンを歩かせるのが不安だって言ってんだよ。言葉の問題じゃない」

「でも……。あ、だったら行く前にロンドンの地図を暗記すれば……」

泰生は強硬に反対するが、めずらしく我を通そうとする潤にため息をつく。

「おまえね。通りの名前をどれだけ覚えても、そこが危険かどうかまで地図には記されていないだろ。しばらく住んでいるパリでさえ危なっかしいのに、土地勘もないロンドンを歩かせられるか。日本人のポヤンとした子供がウロウロしてみろ。おまえがどんなに自分で気をつけていても、周りが放っておかないぜ。おれだったら絶対誘拐する」

「そ、なっ」

「いいから、おまえはパリで大人しくしてろ。スタッフは誰か見つける、心配するな」

問題は解決したからベルナールの部屋を辞そうと言うのか。泰生がソファから立ち上がるのを見て、潤は強く腕を引っ張った。

「お願いします。大人しくしているのは嫌なんです、おれだって泰生を手伝いたい。泰生に守られるのは嬉しいけど、守られてばかりは嫌なんです。お荷物のままでいたくない」

先日モニカにも言われたが、自分でもずっと感じていたことだ。特にパリに来てからの自分は泰生の負担でしかなかった。それを指摘されて何も言い返せなかったのも悔しかった。けれどそれとは別に自分でもずっと考えていたのだ。守られてばかりは嫌だ、と。それは過保護な泰生に反発したいからではない。

「おれは将来泰生の隣に立ちたいんです。泰生の隣に立って、泰生を助けられる存在になりたい。それは仕事を手伝いたいとかそんな具体的なものじゃなくて、気持ちの問題なんですけど。でも、今のままの——腕の中で守られているだけのお人形ではいたくない。そういう自分では苦しいんです」

「——潤」

泰生が呆然と潤を見下ろしてくる。潤が初めて口にした本音だったからかもしれない。泰生が守ってくれることが嫌なわけではない。それ以上に、泰生に信頼されたいのだ。いつか、ほんの少しでもその背を預けてもらうために。

「話し中申し訳ないが——」

突然第三者の声が割り込んでくる。見ると、ベルナールがむっつりとした顔で立っていた。

「す、すみません。お礼はまた改めて伺います。あの、あのっ、今日はもう失礼します」

そうだった。ベルナールの部屋で口論を始めるとは。潤は顔を真っ赤にして泰生を引っ張るように歩き出すが、それを止めたのは意外にもベルナールだった。

「まぁ、待ちなさい。タイセイが今反対しているのは、ジュンをひとりでロンドンに行かせることが心配だからだね？」

泰生と潤の会話は途中から日本語だったため、ベルナールには半分もわからなかっただろう。だが、泰生が心配から潤をおつかいに出せないことは伝わったらしい。

泰生はまだ何か考えているように押し黙っていたため、潤がその問いに頷く。

「なるほど。だったら私がジュンに同行しよう」

「え」

「もともと私はロンドンに住んでいた、もうずいぶん昔のことだがね。だが、今でもたまに訪れているから地理にもそれなりに詳しい。こんな老人でもいると安心ではないかね？　それならどうだ」

ベルナールに視線で問われて、泰生はうなりながら頭をかいた。

「あーっ、何だよ。いきなり潤は思ってもみないことを言い出すし、変なところから援護《えんご》射撃は来るし。全然頭が追っつかねぇ。これでおれがダメだって言ったら完全に悪者じゃねぇか」

「そんなことないですっ。泰生はおれのことをちゃんと考えてダメだと言ってるんだって知っています。でも、これからはそれじゃいけないんだって、世界に出て行く泰生の背中を見送ってばかりはおれが嫌なんです。おれも一緒に世界へ行きたい。そのためにおれは一生懸命勉強してるし、強くなりたいと思ってます」

潤は必死にかき口説く。泰生はしばらく黙って潤を見ていたが、おもむろに大きなため息をついた。何やらひどく感情がこもったため息に潤はびくりとするが、再び見せてくれた泰生の顔には多少複雑そうではあったが笑顔が浮かんでいた。

「降参、おれの負けだ。潤、おまえが行ってこい――頼む」


パリからロンドンまでは国際列車ユーロスターで二時間ちょっと。違う国へ行くため、当然パスポートコントロールで出国審査も受けた。そんな手順や初めての駅だったこともあり列車に乗り込むまでずいぶん手間取った。

確かに、ひとりだったらちょっと大変だったかもしれない……。

広いシートに腰を下ろして、潤はようやくホッと安堵する。隣り合う席には付き添いを買って出てくれたベルナールが座っていた。

「まだ出発したばかりだというのに、もう疲れているようだな」

気難しげな顔を歪めるようにベルナールが苦笑している。

「それにしてもずいぶんと過保護だな、君の恋人は」

「そう…ですね」

恥ずかしくてくすぐったい気持ちに潤は瞼《まぶた》を伏せた。

それというのも、潤が今座っているのは一等席。もちろん列車内で一番いい席だ。それ以前に駅に来るまではタクシーを回してもらい、ロンドンに着いても地下鉄やバスではなくタクシーで移動しろと重々言われていた。それを守れないと行かせられないとも。

泰生はやっぱり泰生だった。

列車がフランスの田園風景を走る頃、車内では食事サービスが開始された。潤もベルナールもそれほど食欲はなかったため軽食で簡単に済ませてコーヒーを楽しんでいたとき、ベルナールが思い出したように話しかけてくる。

「君は大人しいと思ったが、結構言うんだな。昨日は驚いたよ。二人が言い争っている言葉は私には理解出来なかったが、くせ者だと怖れられているあのタイセイを説得するのだからな。君が必死だったのはわかるが、愛だけで動かされる人間でもなかろう、あの男は」

「ずっと言えなかったことを勇気を振り絞ったんです。だからあれが精一杯なんですけど、泰生を説得したというより、負けてもらっただけかも知れません」

「ふむ。だが、自分の気持ちを告げられるのはいい、愛情が歪まないからな。昨日のやり取りを見ていたらこれほど理想的な二人はいない気がしたよ。しかし、あのタイセイが君にたじたじになっていたのは爽快《そうかい》だったな。いや、偏屈《へんくつ》な私でさえ君の前になると素直になれるのだから、君は何か無意識に魔法でも使っているのかもしれないな」

ベルナールの言葉に、潤は背中がくすぐったい気がした。潤もベルナールには話したいことがあったので、これを機に訊ねてみようと口を開く。

「あの――」

昨日から、ずっとベルナールに問いたかったこと――ベルナールが愛した人とはギョームではないのか、と。

昨日の午前中にカフェでギョームと話したとき、一度だけ愛した人の名前が出てきた。以前聞いた話と総合すると、ギョームの元恋人は『ロジェ・バーナード』。しかも、イギリスからの留学生だ。それはまさしくベルナールに符合する。

それに昨夜ふと思いいたったこともあった。ベルナールの翻訳の仕事は、元恋人の活躍を身近に感じたいためにその彼が携《たずさ》わるビジネスを中心に手がけていたはず。そんなベルナールの本棚に一番多く並んでいたのがファッション関係の本だ。それは、ベルナールの元恋人はファッション業界の人間であることを意味するのではないか。そしてギョームこそは、フランスのファッション業界をリードする『ドゥグレ』のトップに君臨する人間だった。

そんなところからもベルナールの元恋人はギョームかもしれないと繋がってしまう。

「何だ、早く言いなさい」

「——すみません。ムッシューは以前ロンドンに住んでたんですね」

けれど、それを聞いていいのか。もし二人が本当に恋人同士だった場合、ある意味終止符が打たれ、止まっていたはずの二人の時間を自分が強引に動かしてしまっていいのか。潤には判断出来なくて躊躇してしまう。友人の恋愛話でよけいなおせっかいを焼き、苦い思いをしたこともまた思い出した。

だから、ずいぶん迷ったがやはり今回も口には出来なかった。

「もうずいぶん昔——そうだな、四十年ほど前にパリに出てきたんだ。だからロンドンよりもうパリの方がなじみ深い」

「四十年前ですか」

思わぬ所から飛び出した新事実に潤は息を止めそうになった。

「あぁ、ちょうどこの九月で四十年になるな。もともと母がフランス人だったんだ。両親を突然事故で亡くして何もすることがなくなったときに、母からよく聞いていたパリに行きたくなった。現地でフランス語を学べばいいと学校もやめて飛び出してきたんだ」

潤はたまらずぎゅっと自らの膝《ひざ》を摑んだ。

「今思えば、よくあんな無鉄砲なことが出来たと思うよ。若いっていうのは恐ろしい」

車窓をぼんやり眺めていたベルナールはそのうち眠くなったのかウトウトし始める。潤は身動きも出来ずに穏やかに眠るベルナールを見つめた。

たぶん、ベルナールと日記の『Ｊｅ』は同一人物で間違いないだろう。

日記も四十年前の九月から始まっていた。パリに来る事情や家族の話、その他こまやかなエピソードまですべて一緒なのだから。だったら、綴られていたあの思いはベルナールのものだ。

ベルナールが愛した恋人へ向けられたもの――。

潤はごくりと喉を鳴らす。

もう少し見極めようと思った。このまま慌てて本人に問いただして今度こそ取り返しのつかないはめになるのは嫌だ。日記やベルナールのこと、そしてギョームのことを。

車窓が、突然真っ暗になる。ドーバー海峡を渡るために地下トンネルへ潜ったのだろう。

そうだった。自分は今、泰生の名代《みょうだい》として照明器具を受け取りに行く最中だ。この大事なときに他のことにかまける余裕などないはずだと気を引き締め直す。

列車がロンドンに着いたのは、それからあっという間だった。すぐにタクシーに乗り込み、ベルナールの案内を頼りに見事な邸宅が並ぶハムステッドへ向かう。

「あらあら、ずいぶん可愛らしいおつかいだこと」

見事なバラに囲まれた大きな屋敷の主人は老齢の女性だ。

潤は気張って一番大人っぽく見えるスーツを選んで着てきたが、夫人の第一声にがっくりする。が、その柔らかな口調で変な気負いも抜け落ちた気がした。

「初めまして、演出家タイセイのアシスタントで橋本潤と申します。今回は急なお願いだったにもかかわらず、大切な品の貸与《たいよ》を快《こころよ》くお許し下さってとても感謝しています」

だからか、自分が思っていたより大きな声が出た。

今の自分は泰生のアシスタントだ。

前回『アベル・ジョスパン』のアトリエを訪れた際、自己紹介で泰生のアシスタントとはどうしても言えなかった。何となく恥ずかしかったからだが、それは裏返すと自分に自信がなかったからだ。けれど昨日泰生を自分の言葉で説得して、今回のおつかいを泰生から「頼む」と依頼されたせいか、今日は胸が張って言えた。自分の中にほんの少し自信が生まれた気がする。

潤がしゃべり終わると、目の前の夫人は面白そうに目をキラキラさせていた。

「まぁま、可愛いと思ったらずいぶんしっかりしているのね。急いでらっしゃるみたいだけど少しだけお話しなさっていって？　今お茶を用意させるから」

本当なら急いで照明器具を持って帰りたい。けれど、こういう時泰生はこせこせしない気がした。それを思い出して、潤も夫人の誘いに頷いた。

終わってみると、ひどくあっけないおつかいだった。

それも当たり前だ。すでに予約が入れられていた列車の特等席で移動し、ロンドンに着いてからもタクシーでの送迎。屋敷に向かうと、夫人と話をしている間に照明器具は梱包《こんぽう》されて持って帰るばかりに玄関ホールに用意してあった。

自分がしたことは配達の真似ごとだ。それでも、潤は満足していた。

それというのも帰りのタクシーの中でベルナールからある話を聞かされたからだ。屋敷の夫人が潤を引き止めて話をしたのは、潤を見定める試験のようなものだったのだろう、と。

言われてみれば、大切な品を見ず知らずの人物に貸し出すのだ。相手も慎重になるし、信頼に足る人物か、おつかいに来た潤を見て見極めるしかない。潤はただ聞かれるままに今回のパーティーや演出家タイセイの話、パリ滞在中の自分の話をしただけなのだが、どうやらそれが夫人のお眼鏡《めがね》にかなったらしい。だから、何の問題もなく照明器具を持って帰れたのだ、と。

聞いたときは胸がひんやりしたが、次第にやり遂《と》げた感に笑みがこぼれてしまった。パリへ戻る列車の中で、潤は足元と膝の上に置くふたつの照明器具を満足げに見下ろす。

「足の具合は大丈夫ですか?」

ほとんどが列車と車の移動ではあったが、それでも歩かないわけではなかった。隣に座るベルナールが足をさすっているのを見て、潤は眉を寄せる。

「ふむ。このポンコツはたまに言うことを聞かなくなるが、今は大丈夫だ。たまにこうして労《いたわ》ってやらないとへそを曲げるからな」

「あまり無理しないで下さいね。痛くなったらすぐに言って下さい」

潤の言葉にベルナールがわずかに唇を引き上げた。足をさする手にはシワが目立つ。その手にも大きな傷痕《きずあと》があるのを見つけた。潤が見つめているのに気付いたのか、ベルナールがそっと傷のある手をもう片方の手で包んだ。

「途中でひどい傷も負ったのに、この手もずいぶん頑張ってくれる」

「——事故はずいぶん大きなものだったんですね」

「そうだな、目の前にクレーン車が倒れてくるのを見たときは本当に死ぬかと思ったよ。あとで知ったが、私が助かったのは奇蹟だったらしい。何人もの人間が亡くなったって聞いたな」

「クレーン車の転倒事故ですか」

声が震えたのを、ベルナールは違う意味に捉《とら》えてくれたらしい。

「乗っていたバスがクレーン車の下敷きになったんだ。何、もうずいぶん昔の話だ、君が気にすることはない」

あぁ、とうとう糸が繋がった。

潤は一番にそれを思った。

間違いでも勘違いでもなかった。ギョームの恋人はベルナールだ。恋人は事故で亡くなったというギョームの話は何かの間違いで、本当はこうして生きていた。大ケガは負ったものの、命は助かっていたのだ。

ギョームがその死を深く悔やみ、今も愛してやまない恋人が今潤の目の前にいる。

興奮した。心臓が痛いくらい強く打ちつけていた。

車窓をぼんやりと眺めるベルナールに、潤はたまらなくなって口走っていた。

「あの、あのっ、ムッシュー・ベルナールが昔好きだった人ってもしかして――」

が、ベルナールの横顔がさっと冷え固まるのを見て、潤は唇の先で言葉を止めてしまう。

「その話は忘れてくれ。とっくに終わってしまった恋の話だ。私の中でもすでに決着がついているし、今さら持ち出されても迷惑なだけだ」

「そんな、でも――」

「私もつまらない話を君にしてしまったものだ。私を裏切って、結婚してしまった恋人を恨む話など」

そうだった。以前ベルナールは確かにそう言った。

『すぐに別れたがね。でも、あの結婚は私に対する裏切りだ。私と別れてすぐだったんだ、そして相手も私の知っている――私にとってはあり得ない女性だった』

ベルナールが以前口にしたセリフを思い出す。

ベルナールが書いたとおぼしき日記と照らし合わせると、ギョームが結婚したのはベルナールを卑劣《ひれつ》な罠《わな》に陥《おとしい》れた偽婚約者の女性ではないだろうか。もしそうだったら、確かにベルナールの気持ちは収まりきらないはずだ。

けれど、ベルナールは「それでも忘れられない」とも言ったではないか。

潤はもどかしい思いでベルナールを見つめるが、彼はすべてを拒絶するような冷ややかな表情を見せていた。青灰色の瞳は冬の空のように凍てついている。

「若者にする話ではなかったな、だからジュンも変に気にしてくれていたんだろう。だが、もう何十年も前の話だ。気持ちの整理もついている話を、今さら掘り起こして欲しくないのが本音だ、わかるね？」

迷惑がられている。それがはっきりと伝わってきた。

普段の潤だったらもうとっくに引いているところだ。けれど、潤はもうひとりの老人の思いも知っている。恋人を――ベルナールを亡くしたと、今なお苦しんでいるギョームの姿を見ているからこそ、ここでやめたくなかった。怯みそうになる心を必死で奮い立たせる。

「聞いて下さい、ムッシュー・ベルナール。おれの知人で昔愛した恋人を今でも忘れられない人がいます。その人は愛した人を亡くしたと勘違いしているんです。そのため、深い悔恨の情に囚われ今も強い罪悪感に苛まれ続けています」

潤のセリフにベルナールはハッと目をみはった。信じられないことを聞いたとばかりに潤を凝視したが、瞳が揺れたと思ったときには、しかしその表情を硬くこわばらせてしまった。

「その人は今でも昔の恋人のことを――」

「やめたまえっ、君の知人の話など聞きたくもない」

「でも、あの、ムッシュー・ベルナールっ」

「今すぐにその口を閉じたまえっ！」

強い拒絶だった。鋭い口調に頬を叩かれた気さえした。さすがの潤ももう口を開くことは出来なくなる。潤が諦めたのが伝わったのか。ふっとベルナールの険《けわ》しさも消え失せた。わずかな時間で何歳も年を経《へ》たようなベルナールの疲れた顔を見て、潤は瞼を伏せてしまう。

「気分が悪い。少し眠ることにしよう、到着まで起こさないでくれ」

「すみませんでした……」

窓に寄りかかって目を閉じたベルナールに、潤は小さな声で謝罪の言葉を告げた。

ベルナールは、潤がすべてを知っていることに気付いたのだろう。それなのに、これほどまでに強く話を拒絶する理由は何なのか。

もしかして、もうギョームとの再会も和解も願っていないのか。本当に終わってしまった恋なのか。けれどあれほど苦しげに、切なげに、昔の恋の話をしてくれたではないか。ベルナールは今でも昔の恋人を――ギョームを愛していると思ったが勘違いだったたか。

それでも、自分がベルナールを傷つけてしまったのは間違いない。

行きの列車の中で二人のことはもう少し見極めようと心に誓ったばかりなのに、興奮に急《せ》かされるように先走ってしまった自分が情けなかった。ベルナールに申し訳なくて本当は何度でも謝りたい。けれどそんなことをして気が済むのは潤だけだ。消え入りたいほど恥ずかしくて、きつくきつく唇を噛みしめる。

このままもう口を閉じていた方がいいんだ。そうしたら、これ以上誰も傷つかないんだから。

膝に抱えた照明器具の箱を強く抱えて、列車が到着するのを潤はひたすら待ち続けた。


「――確かに、『フルリール』だ」

箱から慎重に照明器具を取り出すと、泰生はにっと唇を大きく引き上げた。傷もついていないのを確認して、潤もようやくホッとする。

会場となる美術館の地下空間はすでに設営の半分が済んでいるようで、妖しい座敷牢がその片鱗《へんりん》を見せ始めていた。天井には、潤が大切に持ってきたものと同じ照明がすでに幾つか設置してある。潤が預かってきたものは、奥のスペースに飾られるらしい。

「お疲れだった、きっちり役目を果たしてくれたな。潤、サンキュ」

潤の姿を見ると奥から飛んできてくれた泰生は、満足そうな顔で迎えてくれた。その瞳には安堵の色が見え隠れしていて、口では言わないがずいぶんやきもきさせたようだ。

「さっき夫人から電話がかかってきたが、潤のことを頼もしいジェントルマンだって言ってたぜ？　出来たら、返しに来るのも潤に頼みたいって。頼めるか？」

「はいっ、もちろん」

潤は嬉しさに一も二もなく頷く。しかしそんな潤を見て、なぜか泰生が眉を曇《くも》らせた。

「どうした、目に元気ないな。何か失敗でもしたか？」

くしゃりと髪を撫でられて、潤の眉も下がりかける。が、ここが泰生の仕事場であることをすぐに思い出した。泰生はまだ仕事中だ。現に、遠くから泰生を呼ぶ声が飛んできた。

「いいから、言えよ」

その声に泰生は片手を上げて応えるだけで、潤の前から動かない。これではまた泰生の足を引っ張ると、潤は慌てて大丈夫だと手を振る。

「すみません、本当に何でもないんです。ちょっとムッシュー・ベルナールを怒らせてしまったから落ち込んでいるだけです」

列車がパリに到着してから、潤はひとりで照明器具を抱えてタクシーに乗りこの会場へ向かった。当初は一緒にベルナールも乗車して彼のアパルトマンを経由するルートを考えていたが、列車から降りるとベルナールは用があるとさっさと帰ってしまったのだ。潤とはこれ以上一緒にいたくなかったのだろう。それだけベルナールを怒らせてしまったことに、潤は改めて胸が痛くなった。

本音を言うと、泰生に話を聞いてもらいたかった。何をやってんだと叱《しか》って欲しかったが、今ここで泣きつくわけにはいかない。

潤が無理やり笑みを作ると、泰生は心得顔で唇を歪めた。

「あー。気難しそうだからな、あの手の人間は」

ようやく泰生は視線を外し、近くを通りかかったスタッフに潤が預かってきた照明器具を運ぶように指示を出している。そして、何でもないことのように次のセリフを口にした。

「おそらく、今日は帰れないだろう。ひとりで大丈夫か?」

潤は驚いて目の前の恋人を見た。

パリに来て、泰生が潤をひとりアパルトマンに残して外泊したことはなかった。今日の一件で、何か変わったのかもしれない。自分が信頼されているようで潤はとても嬉しかった。

「大丈夫です。戸締まりもきちんとします」

「あと、暗くなってからは出かけるなよ？　メシもちゃんと食え、何かに夢中になってるとおまえはすぐ食べるのを忘れるからな」

どうやらほんの少しだけらしいが。微苦笑してそれにも頷くと、ようやく泰生が安堵の息をついた。潤の肩を引き寄せ、泰生が別れのビズを装って頬を寄せてくる。

「パーティーの前に一度アパルトマンに着がえに戻るから、そん時に潤の話を聞いてやる。あんまり思いつめるな」

リップ音とともに囁かれたセリフに潤は瞼が震えた。

甘やかしてくれるなぁ……。

今ここで泣き出したくなって困る。

「それから、これ――」

抱擁を解くと、目の前に上質な和紙の封筒が差し出される。何かと確認すると、鍵の意匠が施《ほどこ》されたインビテーションカードが入っていた。

もしかしてこれって――。

潤が顔を上げると、泰生はいたずらっぽく瞳を光らせて笑ってみせる。

「潤は今回おれのアシスタントだったから当然だ。自分のした仕事は確認したいだろ？」

当初、泰生からはパーティーに潤を呼ぶつもりはないと言われていた。演出家として会場で忙しく立ち動くだろうから潤までは面倒を見られないと言うのが理由だ。潤としても華やかなパーティーに参加するのは遠慮したいと納得していたが、こうして照明器具を配達したり資料を作ったりと今回は泰生の仕事を手伝ったせいか、どんなイベントになるのか実は密かに気になっていた。

「……ありがとう。嬉しいです」

「なるべくおれも気を配るが、パーティーでは自分でも十分気をつけろ。詳しくはまたあとで」

いい加減痺れを切らしたスタッフからの呼び声に今行くと応えると、泰生は「じゃあな」と手を上げて踵《きびす》を返した。これから明日に向けて急ピッチで最後の設営に取りかかるらしい。ここしばらく仕事に追われてろくに寝る時間も取れなかったはずの泰生だが、スタッフの元へ向かう横顔はこれから秘密基地を作ろうとする少年のように生き生きと輝いていた。

楽しそうだなぁ……。

泰生の興奮が伝染したように、潤も足取り軽く会場をあとにする。が、そんな気分でいられたのもアパルトマンへ帰るまでだ。部屋で日記帳を目にしたとき、ベルナールのことが重く心にのしかかってきた。

今まで自分の言動で誰かを傷つけたことなどあまり経験していないため、こんな時どうしていいのかまったくわからなかった。そもそも言い争いをするほど他人と関わってこなかったからだ。誰かの心にここまで踏み込んだのは、恋人の泰生以外ではベルナールが初めてだった。

本当に軽はずみなことをしてしまった。でも、言わずにはいられなかったのだ。日記の『Je』とベルナールが同一人物だとわかって、彼が口に出す以上に深い愛情を心に秘めていると想像出来たからだ。思い人のギョームとは実は相思相愛だと潤が知っていたせいもある。

けれど、ベルナールはギョームのことはもう終わった恋愛だという。その言葉のどこまでが本音なのか。潤には見極められなかった。

日記を手に取り、潤はため息をつく。

もう自分は関わらない方がいい。口を閉じるのだ。

そう思っているのに、親しくなった友人二人が今も昔の恋に囚われ苦しんでいる姿を目にしたせいで、どうしても無関係に徹することが出来ない。

「本当にどうすればいいんだろう」

途方に暮れて潤は弱々しい声で呟いた。

まんじりともせずに夜を明かして、潤はようやくひとつの結論を出した。

「お帰りなさい、泰生。あの少し話をしたいので、シャワーのあとでいいですか」

翌日、十五時近くにようやくアパルトマンに帰って来た泰生に、潤は慌ただしく駆け寄った。

「どうした？　顔色がよくねぇな、昨日はあまり寝てないのか」

頬を撫で、潤の体がひんやりしているのに泰生は眉をしかめる。しまったと、潤はその手から逃げるようにわずかに体を引いた。

「ったく、何やってんだ」

じろりと睨まれて潤は首をすくめるが、泰生との何げないやり取りに何だかすごくホッとした。昨日からずっとひとりで考えすぎていたせいだろう。

「叱られて笑うなんて、変なやつだな」

胡乱《うろん》げに見つめられたが、そんな泰生を潤は取りあえずバスルームへと送った。さっさとシャワーを浴びて出てきた泰生はやはりあまり時間はないようで、すぐにパーティー用のシャツに袖を通そうとしている。

「んで、話って何だ？」

「ペペギョームの昔の恋人の話、やはり教えてもらえませんか？」

「どうした、突然?」

シャツのボタンをとめながら、泰生が視線を寄越してきた。潤は一瞬迷うが、手に持っていた日記帳を差し出す。訝《いぶか》しげに眉を寄せ、それでも泰生は無言で日記を受け取ってくれた。

日記自体、たいしたページ数ではなかった。ほんの三カ月程度の日々が綴ってあるにすぎない。そのせいか、泰生もあっという間に読み進めていく。

以前、泰生は日記をぱらりとめくった程度だった。その後は触ってもいないから、内容は知らないはずだ。もし、泰生の知っているギョームの恋愛話と通じるところがあれば何か反応があるだろうと思ったが、案の定、後半に入ると泰生の顔色が変わる。当たり、だ。やはり日記の『Je』がギョームの恋人なのは間違いないらしい。そして日記の『Je』は——。

「なるほど、だからギョームの話を聞きたいと潤は思ったんだな」

ぜんぶ読み終わったのか、泰生は日記帳を閉じた。

「でも、よくこの日記だけでギョームの恋人に繋がったな。ギョームに何か聞いたか?」

「少し。でも、色んな話を総合するとぺぺギョームのことかなって」

「ふぅん?」

それでも納得いかないように泰生は首を傾げている。

「しかし驚いたな。日記の『Je』がギョームの元恋人だったとは。最初のときに、おれがもう少し先まで読んでたらすぐにわかったのに」

「でも、ひとつわからないことがあるんです。日記の中で恋人のことを『Y』と呼んでいるじゃないですか。でも、ぺペギョームの名前に『Y』なんかないですよね」

「ミドルネームがそのまんまだな」

ギョームの名前はギョーム・イヴォン・ド・シャリエ。泰生にミドルネーム『イヴォン』の綴りを教えてもらうと、『Yvon』となり頭文字は確かに『Y』だ。

潤はがっくりする。もっと早くに教えてもらえばよかった。

「今度ギョームのプロフィールを一度見てみろ。ギョームは昔の恋人から『イヴォン』とミドルネームで呼ばれていたらしい。だから恋人が亡くなったあと、自分の名前をギョーム・Y・ド・シャリエとしてミドルネームを封印してしまったんだ。ま、仕事上な。プライベートの人間にはちゃんと名乗るけど」

そういえば、潤もきちんとフルネームを名乗ってもらった。だから、逆に気付かなかったが。

恋人が呼んだ名前を封印するなんて、それほどギョームは恋人のことを愛していたのだ。

「でも日記を書いた『Je』がギョームの恋人だってわかっても、もう相手はこの世にいないんだぜ。今さら潤は何がしたいんだ?」

「――亡くなってないんです。ペペギョームの恋人はまだ生きているんです」

「まさか」

「ロジェ・ベルナール。翻訳家のムッシュー・ベルナールだったんです」

泰生が仰天したように目を見開く。だから潤は、日記から拾い上げた事実やベルナールやギョームの話から二人が恋人だったという真相にたどり着いた経緯を話した。

「そうか。だから昨日おまえはベルナールに怒られたんだな。潤らしくもなく、人の事情に首を突っこんだってわけか」

それを言われると胸が痛くなる。

「まぁ、日記を読んで大泣きしたぐらい『Je』には感情移入してたし？　二人の恋愛に肩入れしたくなるおまえの気持ちもわからなくはないがな」

落ち込む姿を見てか泰生は取り成してくれたが、潤は神妙《しんみょう》に俯いた。

潤が達した結論、それはすべてを知ることだった。自分はまだ知らない事実がある。すべてをわかった上でもう一度考えようと思ったのだ。ギョーム側からも話も聞いて見極めたい、と。

「ギョームから聞いた恋人の話は、日記の中の出来事とそう変わらないな」

泰生が時間を気にしながらも話してくれたのは、やはり日記の話をなぞったものだった。

日記の『Je』、すなわちベルナールを追い出したあと、恋人に裏切られたと落ち込むギョームは、優しくなぐさめてくれた女性と結婚した。けれどその女性こそが人を使ってベルナールに暴行を働いた首謀者であることが結婚後しばらくして判明したのだ。妻となった女性が、ベルナールを襲った男たちから金を無心されている現場に偶然居合わせたのだという。

その後ギョームは慌てて行方を捜すも、ベルナールは別れた直後に重機の転倒事故に巻き込まれていた。事故からはすでに年月が経っており、被害者も多かったせいで情報が錯綜《さくそう》し、捜索は難航。最後までベルナールの確かな情報を得ることは出来なかったらしい。そのため、ベルナールは死亡したと結論づけられたという。

自分がベルナールを殺したんだとギョームの落ち込みはひどかったらしい。そんなギョームの姿は潤もおととい見たばかりだ。ギョームが何とか心の平穏を取り戻すために取り組んだのが、クリエーターたちのパトロンになることだった。それは、勉学に励んでいたベルナールへの贖罪《しょくざい》のためらしい。

そして、二人が同棲していた部屋というのはまさに今潤たちが住んでいるこのアパルトマン。それゆえに、ベルナールとの思い出が残るこの部屋をギョームは誰かに貸したりせずに空室のままにしているのだという。

「ぺぺギョームはやっぱりベルナールを裏切ったわけではなかったんですね。ぺぺギョームも騙されてたんだ。ベルナールにひどいことをした女性がぺぺギョームも騙していたんです」

「そうか？　昔のギョームは人を見る目がなかったってヤツだろ。ギョームにも事情があったにしろ、親切ごかしに近付いてくる人間を見極められなかったんだからな。あまつさえ結婚までするとは、今のギョームからは考えられないうかつさだ」

泰生の評価は厳しいものだったが、潤はずっと気にかかっていた事情がわかってホッとしていた。が、この話をしたせいで泰生は貴重な休息時間を使い切ってしまったらしい。

「タイムアップだ。悪ぃ、あとは帰ってからだな。どっちにしろ、この話は慎重を期した方がいいだろ。相手が相手だからな」

泰生はバタバタとまた出かけていった。その後ろ姿を見て、申し訳なかったなと反省する。が、泰生と話したおかげで潤の気持ちはずいぶん落ち着いた。ギョームの事情も知れてよかった。まだどうするかはわからないが、二人の状況を見極めながら考えようと思った。四十年も前の出来事だ。長年拗《こじ》れていた問題を解決するのは、一朝一夕《いっちょういっせき》にはいかないだろう。

ただ潤がフランスにいられるのもあと少し。その間に決着がつけばいいのだが、もし長丁場になるとなっても泰生が協力してくれるだろうと思うと心強い。

問題はベルナールの気持ちだ。

返す返すも考えるのは昨日のこと。気がはやってベルナールを怒らせ、傷つけてしまったことを潤は何度も後悔した。泰生の言う通りだ。もっと慎重にならなければいけなかったのに。

明日、ベルナールに謝りに行こう。許してくれなくても、何度でも謝ろう。

動かなければ、前にも後ろにも進まないと潤は気持ちを奮《ふる》い立たせる。今までからは考えられないほど前向きな自分の気持ちが不思議な気がする。

「泰生のおかげ、かな」

『ドゥグレ』の新デザイナー就任に伴《ともな》うプレゼンテーションを兼ねたパーティーは、会場を有名な美術館の地下空間とし、華々しいパフォーマンスで幕を開ける予定だ。今、会場は足元だけをひっそりと照らして、どこか妖艶《ようえん》な匂いがする暗闇に包まれていた。中央部分を大きく避けてぞくぞくと入場してくる招待客の顔ぶれはどうやらずいぶん豪華なようだ。詳しくはない潤にはわからなかったが、誰かが会場に入ってくるたびに周囲で喚声《かんせい》が上がっていた。

皆始まりを心持ちにしているようで、周囲で交わされる会話からは何度も泰生の名前が聞こえてくる。どうやら演出家としての『タイセイ』のプロデュースを楽しみにしているらしい。

騒《ざわ》めきがひときわ大きくなったとき、日本の拍子木《ひょうしぎ》らしき音が鳴り響く。その瞬間、会場奥の天井に灯りがひとつ点った。潤がロンドンから運んだあの『フルリール』の照明だ。

その下に、日本人形のごとき女性が立っていた。着ているのは昔の花魁《おいらん》のような豪奢な打掛、足元は二十センチを越える黒い下駄だ。打ち鳴らされる拍子木に合わせて、まさに花魁さながら女性がゆっくり八文字《はちもんじ》を描きながら中央へと進んでくる――と、天井の灯りがひとつ、またひとつと点っていく。

それは妖しくも幻想的な光景だった。

女性が中央まで進むと、そこにひとつのハイヒールが置かれているのに気付く。ぴたりと止まった女性の前に、執事服を着た男性が跪《ひざまず》き、高下駄をハイヒールへと履き替えさせる。その瞬間、打掛を脱ぎ捨ててシンプルな黒のドレス姿になった女性が、身軽になったことを喜ぶように髪を振り乱してコンテンポラリーダンスを踊り始める。

どうやらダンスをする女性は有名な舞踏家だったらしい。

会場がどっと沸いた。今まで暗闇だった会場に浮かび上がるように灯りが点ったせいでもある。灯りの下には自分も解き放たれたいと願っているような靴たちが展示されていた。暗闇だった空間からストイックな官能美が漂う牢獄へと変化する。いや、座敷牢か。

最初のパフォーマンスだけでもひどく感動して、潤はドリンクが入ったグラスを強く握りしめていた。自分が携わったイベントだからか、感慨もひとしおだ。

靴の間を流れるように招待客が動き始める。コンセプトが座敷牢とのことで、壁をくりぬいた空間にパンプスが飾られていたり豪奢なチェーンでサンダルが繋がれていたりと、まるで靴が大切な虜囚《りょしゅう》のような扱いだ。奥の壁で繊細な光を放つのは『アベル・ジョスパン』の照明オブジェだろう。そこにもはかない光の蝶《ちょう》が額縁に囚われていた。

愛おしい存在を誰にも見せずに閉じ込めているような地下空間に、潤はゾクゾクする。

その時、奥で悲鳴ともどよめきともつかない歓声が上がった。伸び上がるように潤が見ると、新しく就任したデザイナーらしき人物と一緒に光沢《こうたく》のあるスーツを身に纏《まと》った泰生が姿を現したところだ。皆が幾重にも二人を取り囲み賞賛の声を上げているようで、その様子を見るとパーティーの成功は間違いないようだ。

「失礼、あなたはムッシュー・ハシモトね」

ますます増えてきた客の邪魔にならないようにと、壁にもたれていた潤に話しかけてきたのは見たことがある人物だ。確か今回泰生と一緒に仕事をしていた女性スタッフだったか。

「タイセイからムッシューが帰宅するまで見届けろと命令を受けたの。初めまして、イネス・バレよ。イネスと呼んで」

知的な黒髪を結い上げたイネスは、潤よりずいぶん長身の女性だ。実はパーティー開始前に会場が予想以上に混雑しそうだからスタッフをひとり付き添いに回すと泰生からメールで連絡があった。潤は断ったが、聞き届けられなかったらしい。面倒なことをお願いしてと潤が頭を下げると、イネスは楽しそうに手を振った。

「パーティーを楽しむ権利をもらったも同じだから気にしないで。それにタイセイの恋人のボディガードを頼まれるなんて、信頼されているということでしょ。光栄よ」

どうやらイネスはつい先日結婚をしたばかりで泰生にも潤にも危険になりそうにないと選ばれたらしかった。が、女性にボディガードされる自分って何なのか。潤が情けない思いで唇を引き結んでいると、突然隣の知らない男性から話しかけられてしまう。それを体よくあしらったのがイネスで、潤はさらに肩をすぼめる。

「しょうがないわよ。ジュンは目立つんだから」

「め、目立ってるんですか、おれって」

群衆に紛《まぎ》れていたつもりだったのに……。

「だってジュンは明らかにこの場には違和感だもの。子供ひとりでパーティーに参加してるって、皆気にかけてるわよ」

そういう意味かと潤は安堵とも落胆《らくたん》ともつかぬため息をつく。

「それに『ドゥグレ』の特別デザインのスーツに今日の主役でもあるデザイナー・サンドロの靴を身につけたお洒落さんだしね。何より、ジュンの周りだけ何か空気が違うのも目立っている原因よ。さっきみたいにジュンが伏し目がちにひとり立っていたりすると、侵《おか》しがたい聖域というか、そこだけ時間が止まったみたいな特別な感じがするわ」

何だかこのまま逃げ帰りたくなった。落ち着かなく視線をさまよわせる潤に、イネスは楽しげな眼差しを寄越してくる。

「あと、何を持っているの？　その手にある小道具にも私は興味津々なんだけど」

「これは、あのっ」

イネスが指摘したのは、ベルナールの日記帳だ。

今日もしかしたらギョームにも会うかもしれないと思ったらつい持ってきてしまっていた。ギョームに見せるつもりはないけれど、恋文と言ってもいい日記帳を一時的にでもギョームと同じ場に存在させたかった。決して来ることは出来ない本人の代わりに。

「料理を食べましょうよ、お腹がすいたわ」

イネスに腕を組まれて食事が載った中央のテーブルへと移動させられる。が、その途中で電話が入り、潤はイネスに断り会場横のウエイティングスペースに出た。

「もしもし？　ムッシュー・ベルナール？」

驚いたことに電話はベルナールからだ。しかし周囲が騒がしくて、ベルナールの声がよく聞こえない。潤は急いで人の少ないだろう地上へと駆け上がった。

『パーティーに出席しているのか？　賑やかだな』

ベルナールの声は不思議と穏やかだった。昨日、列車を降りて駅で別れたときの険のある感じとは全然違う。それがなぜか潤を不安にする。

「あの、ムッシュー。昨日はすみませんでした。無神経なことを言ってしまって」

『それはもういいんだ。それより、今日はお別れを言うために電話をした』

心臓がぎゅっとすくみ上がる気がした。

「お別れってどういう意味ですかっ」

『どうやら私はパリに長く居すぎたようだ。君と話をして、自分がどれだけ未練がましいのか思い知ったんだ。彼と繋がっていたいともがき続けてきた今までが恥ずかしくなった』

「ムッシュー・ベルナール！」

潤は何度も首を振る。

好きな人と繋がっていたいと願って何が悪いのか。未練がましくなるのも当たり前なのに。

同時に、やはりベルナールは今でもギョームを愛しているのだとわかってしまった。

『でも、最後に彼の関わるパーティーの手伝いが出来たのは、いい思い出だな』

「ムッシュー、そんなことを言わないで下さい。これから、どこに行かれるつもりなんです？もうパリに戻ってこないなんて言わないですよね。行かないで下さい、ムッシュー！」

自分がベルナールを追いつめたからではないだろうか。ギョームと恋人同士だったことを突き止めてしまったから、ベルナールはパリを去ろうとしているのではないか。

大声で引き止めたい気持ちを必死に抑え、ベルナールの言葉を待つ――が。

『君と知り合えて楽しかったよ。さよなら――』

ベルナールはフランス語で永遠の別れのときに使う言葉『Adieu』を口にして電話を切った。それでベルナールの決意のほどがわかり、潤は唇が震える。

どうしよう、どうしよう、どうしようっ――。

自分のせいだ。自分があまりに軽率《けいそつ》だったから、細い糸でもいいからギョームと繋がっていたいとささやかに願っていたベルナールをパリから去らせてしまうんだ。

喉がつまり、目からどっと涙がこぼれ落ちてくる。冷たくなった手は小刻みに震え、潤はパニックを起こしかけた。

「……っ…ぁ」

が、ふと思い出したことがあり、潤は腕時計を確認する。

今のベルナールの電話から聞こえていた音に聞き覚えがあった。それは、ベルナールの散歩ルートにある公園の音――一時間に一度水しぶきを上げる噴水の音のような気がした。そして、今がまさにその噴水が上がるタイミングだ。

ベルナールは今あの噴水公園にいるんだ。

潤はこぼれた涙を拭うと、パーティー会場へと駆け戻った。そこにちょうど潤を探していたらしいイネスと行き合う。

「探したわ。外にまで出たらダメでしょう…って、今度はどこに行くのよ！」

「すみません、イネス。今すぐペペギョームに会わなければ。会場に戻ります」

「ペペギョームって…ムッシュー・シャリエのこと⁉　ムリムリムリっ。あなた、何を考えているの。いくらプライベートでムッシュー・シャリエと親しくても、フランスの、しかも本拠地『ドゥグレ』のパーティーでトップに近付こうなど正気の沙汰じゃないわ」

冗談じゃないとまくし立てられても、潤も納得出来なかった。こんなことをしている間にもベルナールはどんどん遠ざかっているのだ。今捕まえないともう一生会えないかもしれない。

「泰生……そうだ、泰生なら出来ますよね？　泰生だったら――っ」

ハッと思いついて歩き出そうとするのを、またしてもイネスが止めた。振り返ると、イネスは何だかとても疲れたような顔をしている。

「ムッシューと渡りを付けるために、タイセイを利用しようと考える人間がいるとは思いもしなかったわ。いいわ。私がタイセイのところへ連れて行ってあげる。もう乗りかかった船よ」

「イネス。あの、ありがとうございます……」

「まったく。あなたは知らないみたいだけど、このヨーロッパで、いいえ、今日のパーティーでは特にタイセイと会おうとするのはムッシュー・シャリエと同じくらい難しいのよ」

眉をひそめたイネスは潤と腕を組むと、会場へ乗り込んだ。大勢の人に囲まれる泰生を見つけると、背後から人垣に分け入っていく。隙間を見つけてさりげなく、かつ強引に前へ前へと進んでいくイネスのエスコートぶりは本当に見事だ。

「泰生っ」

ようやくたどり着いた泰生の背中に潤が声をかけると、驚いたように恋人は振り返った。

「潤？　どうした」

「ムッシュー・ベルナールがパリを去ると、たった今電話がありました。ペペギョームに伝えたいんです。今ここで言わないと、取り返しがつかないと思うんですっ」

涙ぐみたくなるのを必死で我慢して口にした言葉に、泰生の眉間に一瞬だけ深いシワが寄る。すぐに表情を戻して頷いた泰生は歩き出そうとした。が、何を思い出したかイネスが首に巻いていたストールを取り上げると、潤の頭にまるでムスリムのカフィーヤのようにルーズに巻いた。潤の顔を隠すように、だ。

「イネスと一緒についてこい」

泰生は眼差しひとつで行く手の分厚い人垣を蹴散らして足早に、しかし優雅に歩き出した。潤も今度はイネスを引っ張るように泰生のあとに続く。

「ちょっと待って、どこに行くつもりよ。まさかムッシュー・シャリエのところじゃないでしょうね。そこまで私に度胸はないわよ」

「すみません、イネス。お願いしますっ」

足が重いイネスを何度も宥めながら広い会場のひときわ華やかな場所へと向かった。ギョームは一段と洒落たスーツを着て人々と歓談している。近付いてくる泰生を確認して、その背に潤がいるのを見つけると微《かす》かに眉を寄せた。

「ギョーム、話をさせてくれ。おれのスタッフを紹介したい」

親しげに握手を交わす泰生とギョームに人々は羨望《せんぼう》の眼差しを送る。潤とイネスは泰生に導かれるようにギョームの前に立った。

「どうしたんだい、タイセイ。この場にジュンを連れてくるとは君らしくない」

「緊急で話があるんだと。ほら、潤」

泰生に促され、潤はもどかしい思いで口を開いた。

「ペペギョーム、すみません。でもあの、ムッシュー・ベルナールがパリを去ろうとしているんです。今彼を捕まえないと、また会えなくなってしまう」

「少し落ち着きなさい、ジュン。ムッシュー・ベルナールとは誰のことだい」

「ペペギョームが四十年前に失ったと思っていらっしゃる月の化身のかの人です」

潤の言葉に、ギョームが顔色を変える。

「まさか――まさか、生きていたのか」

信じられないと見つめてくる目に、潤はしっかりと頷いた。ギョームは浮かされるように歩きかけたが、急に思いつめた顔になって足を止めてしまう。

「ペペギョーム？」

思い悩むように眉を寄せたまま動こうとはしないギョームに心配になった潤はそっと傍に寄りそった。そんな潤とギョームを見て、泰生が一歩前に出る。

「何を考えているかは知らないが、時は迫ってるぜ。悩むより今は行動だろ。いつものパワフルなあんたはどこに行ったんだよ。こんな時に尻込みするなんてギョームらしくないぜ」

泰生のセリフにギョームがハッと顔を上げた。わずかに表情を緩めて泰生は言葉を継ぐ。

「彼は、裏切ったはずのあんたをそれでも陰ながらずっと見守っていたらしいぜ。四十年という長い間、ずっとな。ここであんたが追いかけなくてどうするよ？」

泰生のセリフを聞くごとにギョームの瞳にどんどん力がこもっていく。ギョームは力強く頷くと、濃くなった空色の瞳を潤へと向けた。

「――裏の車止めで待っていてくれ。すぐに行く」

興奮したように頬に赤みの差したギョームが口にしたのを合図に、泰生はひらりと手を上げてすぐさま踵を返した。来いと目配せされたため、イネスとともにまた歩き出す。周囲から一瞬人がいなくなったタイミングで泰生が潤を振り返ってきた。

「潤、おれは行けない。今この場を離れるわけにはいかないんだ。おまえに頼んでもいいな？」

泰生がもどかしそうに早口で言った。が、潤を見る目には信頼の灯りが点っている。こんな時なのにそれが嬉しくて誇らしくて、唇が震えるようだ。震え出す前に潤はきっと唇を噛むと、泰生の目を見て頷く。

「ギョームを頼むぞ」

「はい。ムッシュー・ベルナールも見つけてみせます」

「よし、任せた。じゃ、イネス。契約通り、潤が会場を出るまで見届けてくれ」

隣に立つイネスも諦めたように了解のサインを掲げた。それを見て、泰生は場を離れる。潤たちも足早に歩きだした。

「まったくどうしてくれるのかしら。明日から私は大注目されるわよ」

「あの、すみません」

今までは夢中だったが、ここに来てようやくイネスを巻き込んでしまったことに申し訳なくなった。どうやらギョームと公式に顔を会わせることは相当耳目を引くらしい。だから、泰生も潤の顔を隠すようにストールを巻いたのだろう。

そのストールを解いてイネスに返すと、彼女は苦笑して首を振った。

「違うわよ、言い方が悪かったわね。願ったり叶ったりだって言っているの。さっきはどうしようかって思ったけどこれもいい経験よね。これをチャンスに一気にのし上がってみせるわ」

イネスはパフォーマンスで登場した花魁役の女性のヘアメイクを担当したメイクアップアーティストだという。ファッションウィークにも何度か参加しており、そこで泰生と意気投合したと教えてくれた。今回は楽しそうだからと雑用スタッフとしても活躍していたらしい。

イネスと二人で会場の美術館裏に設置された車止めに向かうと、すでに黒塗りの車にはギョームが乗って待っていた。どうやら地下から直行出来る裏階段を利用したらしい。イネスに礼を言って別れ、潤も車に乗り込む。

「ジュン、ロジェが生きていたって本当なのか」

潤がシートに背をつけるのも待ちきれないようにギョームがつめ寄ってきた。

「はい、四十年前の事故で大ケガをしたものの一命は取りとめて、このパリでずっと暮らしていたんです。おれにはロジェ・ベルナールと名乗ってくれました」

「――まさか、以前ジュンが助けたという翻訳家か」

潤はその問いに頷くと、すぐにベルナールがいると思われる噴水公園へ車を移動してもらうように頼む。それを聞き、ギョームも動いた。

「周囲にも捜索をかける。ロジェらしき人物を見つけても接触はせずに尾行を続けるように」

電話を片手に、潤が伝えたロジェの特徴を上げて捜索を命令するギョームの様子は、今まで潤に見せていた好々爺《こうこうや》のイメージを一変させるものだった。

「それで、どうして君の知り合った翻訳家が僕のロジェだと知ったんだね？　後から、実は違ったんだなんてことはなしにして欲しいのだが」

そのままの存在感でギョームが潤を見つめてくる。ギョームの凄みに背筋がひやりとしたが、気持ちを静めると首を振った。

「ムッシュー・ベルナールが昔の恋の話をしてくれたんです。それがペペギョームが聞かせてくれた話と似ていました」

潤はベルナールとギョームを結びつけた経緯を話していく。潤がしゃべるごとにギョームの顔がつらそうに歪んでいった。そして、最後に自分が持っていた日記を差し出す。

「それは――ロジェがいつも傍らに持ち歩いていた本に似ている」

呆然と日記帳を見下ろすギョームに、潤は頷く。

「偶然、おれが蚤《のみ》の市《いち》で手に入れました。これ、本ではなく日記帳なんです。ペペギョームだったら誰がどういう思いで書いたものかわかると思います」

震える手で受け取った日記帳を、車内の明かりをつけてギョームがむさぼるように読み始めた。それを見届けて潤は顔を上げる。渋滞している道をもどかしく見つめた。

ベルナールはもう公園から離れたに違いない。パリを発つ前に見つけられるだろうか……。

ギョームにベルナールのことを勝手に告げてしまったことを潤はこの段階になっても悩んでいた。二人の止まっていた時間を強引に動かしてしまった責任に、胸が押しつぶされそうだ。けれど、ギョームもベルナールも過去を悔やみ、未だ互いに愛し合っているのを知っていて、交わりかけた二人がまた離れていこうとすることを見て見ぬふりなどとても出来なかった。

「ロジェがこんな気持ちを抱いていたとは……」

絞り出すような老人の声は涙でにじんでいた。目を真っ赤にしてようやくギョームが日記帳から顔を上げる。表紙にある大きな傷に触れて、苦しげに顔を歪めた。

「この日記は、本当にぎりぎりまでロジェと一緒だったんだな」

ギョームの言葉に、日記の傷がベルナールと一緒に事故に遭ってついたものだと潤も気付く。日記が最後あそこで終わっていたのは、その直後に事故に遭ったからに違いない。

そうか。日記はベルナールが故意に手放したわけではなかったのだ。もしかしたら、日記帳はずっとベルナールの元に戻りたかったのかもしれない。だから、潤を引き寄せたのか。

気付くと、ベルナールがいたはずの噴水公園のすぐ近くまで車はやってきていた。

車を止めると、すぐに黒いジャケット姿の男性たちが走り寄ってくる。どうやら公園を探していたギョームの部下たちらしい。ロジェは見当たらなかったとの報告を受けて落胆するギョームの元に、しかし近くの通りを歩くロジェらしき人物の報告が次々と上がってくる。

ギョームはすぐさま車を方向転換させた。潤はずっとやきもきしているが、ギョームはそれ以上らしく緊張したように車のシートを摑んでいる。

間もなく、ベルナール目撃の報告にあった場所に近付いたとき。

「あっ、停めて下さいっ」

潤は視線の端でとらえた人物に思わず叫んでいた。道路の反対側の歩道をゆっくり杖をついて歩く人物を見た気がした。リアウィンドウを振り返って確認すると、確かにベルナールだった。地下鉄の入り口を目指して歩いているようだ。

「ロジェ――」

ギョームも確認したようで、停まった車から外へと飛び出していく。

「ロジェっ」

ギョームの叫びに、ベルナールがぎょっとしたように顔を上げて周囲を見回した。反対車線の歩道にいるギョームを見つけると一瞬固まり、すぐに歩くスピードを速める。それを見て、ギョームは車道を渡り始めた。

「ぺぺギョームっ⁉」

交通量が多い道で危うく車にひかれそうになったギョームを見て、潤もたまらず車を降りた。

先を急ぎたがるギョームを全身の力を使って引き止め、車の隙間をぬうように道路を渡った。ギョームの無謀ぶりにベルナールも顔を引きつらせて立ち止まっていたが、安全な場所までくるのを見て慌てて歩き始める。が、杖をついてゆっくりしか歩けないベルナールの歩みにギョームが追いつくのはすぐだった。

そのまま——ベルナールの杖を持つ腕ごとギョームが抱きしめる。

「ロジェ、ロジェっ。生きていたんだな、よく生きて——っ」

「離せっ。君は、君はどうしていつもあんな無謀なことばかり。私はもう君のことなど愛想を尽かしたんだ、四十年前にとっくにだ。だから今すぐ離せ」

ベルナールをすっぽりと抱きしめるギョームは、まるで縋りつくようでもあった。ベルナールはそんなギョームから逃れようともがき続けている。

「あぁ、確かにロジェだ。いつもこうやって憎まれ口ばかり叩いていたな。でも、僕はあなたが口にすることは心とは正反対であるのをもう知っているんだ。ロジェ、僕も愛しているよ」

「何を言っている、私は愛想を尽かしたと言っているじゃないか。いいから離せっ」

「ロジェ、四十年前は本当にすまなかった。許してくれとは言わない。とても許されないことを僕はあなたにしてしまったんだから。けれどどうか、これから死ぬまであなたに謝り続ける機会を僕に与えてくれないか。傍にいたいんだ」

「き、君の口のうまさには騙されないぞ。離せと言っている。私を裏切ったくせに、あんな女と結婚したくせに、すぐ傍にいたのに見つけ出してくれなかったくせにっ」

「そうだね、四十年前だけではなかった。あれからの四十年間、僕はずっとあなたに苦しみを与え続けてきたんだね。本当にすまなかった」

苦しげに紡《つむ》がれたギョームの言葉にベルナールの顔が泣きそうに歪んだ。が、すぐに険しい表情に戻ると抱擁から逃れようとまた抵抗を始める。その動きにギョームの腕が緩んだか、ベルナールはバランスを崩して地面に倒れ込んでしまった。

「ロジェっ、大丈夫かい」

「っ……。私の足をこんなにしたのも結局は君のせいだ。事故による痛みでベッドで呻《うめ》いていたときに君はあの女と結婚してたんだ。あの時の絶望が君にわかるかっ。四十年ぶんの苦しみとか軽々しく言うなっ」

道路に倒れ込んだままベルナールは持っていた杖を盾に、ギョームを拒絶しようとする。それでもギョームは怯《ひる》まなかった。杖が当たるのも構わずベルナールへと手を伸ばす。

「ロジェ、一番つらいときに傍にいられなくてすまなかった。けれどこの四十年間、僕もあなたを忘れたことは一度もなかったよ。僕の心は、四十年ぶんのあなたへの愛と償いで埋められている。すべてを捧げる代わりに、あなたの心も明け渡してくれないか。初めはひとかけらで

いい。でもいつかはロジェのすべてが欲しい、あなたを愛しているんだ……」

「君…君は——…」

「君、じゃない。イヴォンと呼んでくれ。あなたのために僕はこの名を封印していたんだ。この名を呼ぶのはロジェだけだよ。僕の愛するロジェ」

「……イヴォン、イヴォン。私も……ずっと君を愛していた」

ベルナールの手から杖が落ち、ギョームの背へ回るのを潤は涙で霞《かす》んだ視界に見た。


「さっきからずっとニヤニヤしやがって。そんなに嬉しかったか？」

車の後部座席に座る潤の隣で、泰生が呆れたように声をもらした。

「それはだって、二人はお互い愛し合っていたのに思いが重ならなくてずっとやきもきしていたんです。それに、さっきぺぺギョームの屋敷でずっと二人の傍にいたら、おれの方が居たたまれなくなるほどラブラブだったから」

「当てられたか？」

泰生がからかうように寄越してきた眼差しに、潤は苦笑する。

ベルナールたちが思いを交わしあったあと、潤はひとりアパルトマンへ戻るつもりだったが、礼をさせてくれというギョームによって強引に屋敷へと連れて行かれたのだ。泰生にも連絡を入れたからと言われると、潤も従うほかない。もちろん、ベルナールも一緒だ。

ギョームの本邸である大きな屋敷で、二人は膝をつき合わせて話をした。四十年前に二人に生じた行き違いを告白し合い、改めてベルナールが生きていたことをギョームは喜び、そして他人の言葉を信じて感情のままに別れを告げたことを謝罪する。それに対してベルナールは一生をかけて償うと言ったギョームの言葉を見極めるつもりらしい。すなわち、これから二人は共に生きるということだろう。

同席していた潤は二人の会話を聞いて涙が出るほど嬉しかった。が、ひとつ閉口してならなかったのは二人が話の間中ずっと手を握り合い見つめ合っていたこと。二人の間に漂う甘い雰囲気に居たたまれなくなって、潤は何度も飲みものをお代わりしてしまった。

それにしても、驚いたのはいわゆるツンデレのはずだったベルナールがずいぶん素直に気持ちを吐露《とろ》していたことだ。ギョームも潤と同じように思ったらしいが、ベルナール曰く潤たちに感化されたらしい。愛を歪ませないためには、自分の気持ちを伝えるのは大事だと。

『ジュンはやはり魔法を使ったのかもな。こんな日が再び訪れるとは思いもしなかったよ』

潤が屋敷を辞すときにベルナールが告げた言葉だ。ありがとう、とも。

「よかったじゃねぇか。ずっと思い悩んでいたしな、潤も」

パーティーを成功させて潤を迎えに来てくれた泰生と、今はアパルトマンへ帰る車の中だ。今日は泊まったらどうだと勧めるギョームに潤も泰生も丁重に固辞した。確かに遅い時間だったが、今夜は二人ですごしたかったからだ。

「泰生、今日はステキなパーティーでした。お疲れさまでした」

泰生にずっと告げたかったことをようやく言えて、潤もホッとする。

「泰生の言っていた『座敷牢』のコンセプトが何となくわかりました。牢獄とか地下牢とかじゃダメだったんだって。本来なら薄暗くてマイナスだらけの地下に快適で豪華な居住空間を作り上げて大切な虜囚を閉じ込めるというとても強い思いが込められていたんですよね」

「おまえ――」

「何だかゾクゾクしました。ロマンティックというか背徳的というか」

思い出してうっとりする潤に泰生はなぜか言葉が継げないようだった。

「――泰生？」

「いや、色々見過ごしていたことがあったのに気付かされたというか、今後のおまえの新たな選択肢を思いついたというか。そういや、おまえって変に鋭いとこがあるよな。それを生かさずにどうすんだってことか。大事にしすぎて見えなくなってたわ」

「あの……？」

「座敷牢に閉じ込めたかったのはおまえだったのかもな」

最後に、ぽつりと泰生は物騒なことを呟く。驚く潤を、泰生は苦笑して肩を抱き寄せた。

「しかし、パーティーの最中で潤が目の前に立っているのを見たときは肝を冷やしたぜ。血眼になっておれの弱点を探しているようなヤツらの前に、おまえは無防備に現れるんだから。しかもあそこでギョームに会いたいとか言い出すし」

「すみません……あの時は夢中だったからつい」

「だな。おまえ、何かひとつに囚われると周りが見えなくなる傾向があるのは前から気付いていたが、前回のシャフィークや今回みたいに一度これと思ったら危険も顧《かえり》みずに頭から突っ込んでいくのはちょっとな。ヒヤヒヤすんだよ、普段は大人しくて引っ込み思案なくせにどうしてここぞと言うときにそんな変な度胸があるんだか」

ほとほと呆れるみたいな口調で言われて、潤は体を小さくする。

「しかも、おとといは潤の口からあんなセリフが出てくるとは思わなかったし」

「あんなセリフ——？」

何のことだろうかと首を捻る潤に泰生が頭をコツンとぶつけてきた。

「なに忘れてんだ。おれをうならせたくせに、お子さま潤のくせして」

もしかして、ロンドンへおつかいに行くために泰生を説得したセリフだろうか。

「あれは――…すみません。少し生意気なことを言ったかも知れません」

「別に謝る必要はねぇよ。ただ驚いただけだ。頭から冷たい水を被せられた気分だった」

それは結構な衝撃なのではと泰生を見ると、少しだけ面白くなさそうな顔だ。けれど潤と目が合うとふわりと笑みが広がる。

「本音を言うと、今でも潤は閉じ込めておきたい気持ちが強いんだけどな」

あぁ、それでさっきの座敷牢の話に繋がるのか。おれをあんな豪奢な座敷牢に閉じ込めておきたいって言うのか。それはそれで少しだけ憧れるかもしれない。

泰生の訪れだけを日がな一日待ち続ける生活を想像して、潤はちょっとだけうっとりする。

「でも、守られるばっかは嫌なんだろ？」

泰生の言葉にハッとして慌てて頷いた。

「将来おれの隣に立っておれを助けられる存在になりたい、ね。すげぇ殺し文句だよな」

からかうような口ぶりに、潤は頬が熱くなる。そんな潤を見て泰生はひとしきり笑ったあと、潤の耳元で甘やかに囁いた。

「惚れ直したぜ――」

到着したアパルトマンでシャワーを浴びた潤を、泰生がさっさとベッドへと連れ込む。バスローブを着る間もなかった。

「あー、ようやく何の憂《うれ》いもなく潤が抱ける」

ベッドの上で座り込む潤の首筋に唇を押しつけ、ゆるく抱きしめながら泰生が嘆息《たんそく》した。そんな泰生が何だか可愛く見えて、潤も背中に手を回す。裸を見せるのが未だに恥ずかしいというのもあった。先にシャワーを済ませたせいか、泰生だけバスローブを着ているのもずるい。

「でも、泰生は楽しそうでした」

演出に打ち込んでいる間、泰生は普段以上に生き生きしている気がした。それが潤にも伝染して、自分も関わりたくなったのかもしれない。

「ん、確かに楽しかったな」

潤の首筋から肩まで、小さなキスを移動させながら泰生が呟く。その手はすでに熱くほてり、潤の腰の辺りで妖しく蠢《うごめ》いていた。

「でも、今回の功労者は何と言っても潤だよな」

「んっ」

喉骨《のどぼね》にキスをされると、体が小さく震えた。そんな潤に泰生は色っぽく笑いさらに顎先に、そして唇へもキスを落としてくれる。

「ふ……ん、ん――…っ、は…ふ」

唇を軽く触れ合わせたまま遊ぶように泰生が左右に首を振る。唇の先が泰生のそれと擦《こす》れる感覚に、頭がじんと痺《しび》れた。下唇を軽く吸われると、離れるときに小さなリップ音がするのも恥ずかしい。

ざわざわと手の先から足の先から、小さな快楽が這い上がってくる感覚に吐息が乱れていく。

「ん、ゃうっ」

泰生の手が潤の背中に当てられた。

背中にも感じるところがあるのは潤も身をもって知っていたけれど、今日はそのひとつひとつを開発するようにひどく丁寧に触られていく。指の腹で強く押されたり、手のひらでゆるく撫で回されたり、指先でリズムをとられたかと思うと体の奥へ響かせるように振動を加えられる。骨の上や皮ふの柔らかい部分でそれをされると、腰がびくりと痙攣《けいれん》した。

「ぅ…んっ、ん、んっ…ぁ」

潤の口の中を熱っぽく舐め回していた泰生は、さらに執拗《しつよう》に舌を深く差し込んでくる。ヌルヌルと柔らかい粘膜部分を淫靡《いんび》に擦られて、潤は何度も泰生のバスローブを固く握りしめた。

ゆるやかに押し寄せてくる快楽の波に思考がぼんやり溶けていく。長いキスのせいで軽い酸欠状態になったせいかもしれない。

「は……、ぁ…ふ、は……」

ようやく唇を解かれ、潤は大きく胸を喘がせた。ぐったりする潤に、泰生は満足そうにため息をつくと、背中を愛撫していた手をゆっくり下ろしてきた。腰骨をなぞられ、背筋を辿って尾骨《びこつ》の辺りまで。乾いた手で臀部《でんぶ》をなぞられるだけで、潤の体は落ち着かなくなる。

「ぁ、あぅっ、た…泰生、そ…れっ…ぃやっ」

「んー？」

「それ…それっ…ぁうんっ」

尾骨の辺りを指先で撫でられると、足の奥が疼《うず》いてならない。ざわざわと何かが生まれ出る感覚だ。泰生の熱い唇でうなじをしゃぶられるせいかもしれない。体の末端から這い上がってきた快楽が、腰の辺りに集まってくる感じがした。

「あ…は……はあっ」

両手で薄い臀部を揉み込まれると、いやらしく腰を浮かせてしまう。

「ふ……っ…ん」

すっかり力が抜けてしまった潤を、ようやく泰生はベッドに寝かせてくれた。冷たいシーツの感触がほてった体にひどく気持ちいい。

「今回潤は頑張ったからな。おれがご褒美《ほうび》をやるよ」

「ご…褒美？」

瞼を上げると、泰生が黒髪を邪険にかき上げてのしかかってくるところだ。

「おれがとろとろに蕩《とろ》かしてやる」

目が合った潤に、ニヤリと片方の唇を引き上げて不敵に笑いかけてくる。

それはご褒美なのか。潤には少し物騒《ぶっそう》な響きに聞こえるのだが。

「ぅあっ、ん、んんっ」

潤が何か言う前に泰生の唇が乳首に降りてきた。

柔らかい舌で丁寧に舐められて背中が反る。たっぷりとぬらされたそこを舌先で突かれ、時に硬さを確かめるように甘噛みされると、自分の意思とは関係なしに何度も腰が跳ね上がった。

泰生にしては優しいともいえる愛撫だったが自分の弱点であるそこには十分きつくて、とっさに押しのけようと伸ばした手を泰生にひとまとめに拘束《こうそく》されてしまう。

「ふぁっ、ぁ、あっ」

乳首に蜜でもわいているかのように泰生がねっとりと舐め回す。満足したかと思うと、今度は反対側を熟《う》れた果実をついばむように何度も吸いつかれた。ジュッと音を立てて嬲《なぶ》られ、乳首が赤く腫れ上がってもやめてくれない。

「は…ぅんっ、ん…ぁあっ」

全身に鳥肌が立っていた。ビクビクと腿は引き攣《つ》れ、首を仰け反らせて突き上げてくる快感をやりすごす。それでも処理しきれなかった愉悦《ゆえつ》が嬌声《きょうせい》となって口からこぼれ落ちていった。

泰生に絡め捕られていた腕からはすっかり力が抜け、拘束を解かれるとしどけなくシーツに沈み込んでいく。

「あー、最近いじめてばっかだったから優しくするのがすげぇ新鮮」

「やっ、優しくなんか……ひんっ」

ねちっこいだけのような気がする。潤が抗議を上げようとすると、ドロドロになっている股間を握られてしまった。すっかり立ち上がっていたのに触ってくれなかった屹立《きつりつ》からはすでに蜜がこぼれ落ち、臀部の方まで伝い落ちていた。

「優しいだろうが。おまえのいいところを舐めてとろとろに蕩かしてやってんだから」

「あっ、あっ、だっ…てそれ違…ぅ…っ、やっ」

大きな手ですり上げられる自分の欲望からいやらしい水音が聞こえてくる。

「違う？　あぁ、舐めて蕩かして欲しかった場所が違ったのか。悪い、こっちだったな」

「ぁ、んんん――っ」

泰生が潤の股間に顔を埋めた。じゅっくりぬれそぼった欲望を泰生は大きく口を開けて咥《くわ》え、喉の奥まで使って愛撫してくる。

「ひっ…ん、んーんっ、あ、あっ」

　脳天に突き刺さるような強烈な刺激に潤はガクガクと腰を揺らす。曲げた膝で泰生の頭を挟んで切なく悶えるが、泰生はそんな足は邪魔だと腿を摑んで押し広げると、潤の欲望を好き勝手にいじめ倒してくる。

「っん、ぁ、あっ……もっ…も、ダメ…ぁっ」

　じゅぷと水音を立てながら股間で上下する泰生の頭が卑猥すぎて泣きたくなった。熱い粘膜で包むように擦られる快感に高い声が止まらない。時に腿を吸って嚙みつく甘い痛みにさえ鳴き声を上げた。

　もうだめだ。もういく――――っ。

　潤が悲鳴を上げかけた瞬間、しかし、泰生が唐突に股間から顔を上げてしまった。ひくひくと悩ましげに震える潤に、泰生はぬれた唇を見せつけるように拳《こぶし》で拭った。

「今日は一緒にいこうぜ？　それまで我慢しろよ。出来るだろ？」

　ベッド脇から取り上げたローションのふたを開けながら、泰生が宥めるように言う。涙目で見上げる潤に笑いかける泰生は優しいのか意地悪なのかわからない。けれど恋人の愛しい黒瞳に促されると、頷かずにはいられなかった。

「んじゃ、潤が二番目に好きなとこをいじってやるか。いや、こっちが一番か？」

「ぃや…っ」

摑んだ潤の足首をそれぞれ左右の肩に引っかけたまま、泰生が腰を進めてくる。泰生のゆるく組んだあぐらの上に臀部を乗せる格好に、恥ずかしくて悲鳴を上げかけた。

「ぁ、はっ——…」

それを止めたのは秘所に触れた泰生の指先——ローションにまみれた二本の指は何の抵抗もなく潤の中へと入ってくる。中で大きく指を開かれて、潤はたまらず腰をうねらせた。

「っ、あ…ぃやっ……回すの…はっ…ぅ……」

柔らかい粘膜をさらに解すように指をかき回される。無意識に指をさらに奥へと絡め捕ろうとする肉壁のいやらしさに潤は唇を震わせて悶えた。いつも以上にたっぷりローションを使われたせいか、秘所は蕩ける性器に成り代わっていく。

すぎる快感に嬌声を上げ続けて声が掠れてしまっていた。

「たい…泰生っ、だ…めっ…、んっ、ぃ…くからっ、も…やめ…てっ」

「ひとりでいきたくないって？　んじゃ、我慢だろ」

「あっ…や、無理…ぃ……っ」

もう入れて欲しい。泰生が欲しい。じゃないとひとりでいってしまう。

涙でぐしゃぐしゃになった顔で泰生を見るのに、恋人は欲情にまみれた顔を見せつけながらもゆっくり否と首を振る。

「なん…で、あ、ぁっ…泰っ…せ、泰生っ」

「とろとろに蕩けてからいっぱい可愛がってやるって言ったろ。だから今は少し我慢しろ」

「ぁうっ、んっ…でも、ぁあああっ」

「あー、はいはい。ったく、エロい声出しやがって」

渋い顔で泰生は舌なめずりをすると、快感が満ちあふれそうだった潤の屹立に手を伸ばした。

「っ——…、ん…は…ぅ」

根元をきつく握られて、声なき悲鳴を上げる。弾ける寸前ではけ口を閉ざされたせいか、苦しさと紙一重の愉悦にくらくらと眩暈《めまい》がした。体をひくつかせる潤に煽られたのか、秘所を嬲る指の数は増え、抜き差しはさらに激しくなっていた。

「あっ……あぅ、んぅ…っ」

体の中で沸き立つ快感に苦しささえ覚える。泰生がようやく秘所から指を抜いてくれたのは、それでもすぐだった。

「ッチ。おれの方が我慢しすぎて目の前がチカチカするぜ」

力が抜けてぐにゃぐにゃになった潤の体を操り人形のように腕や足を動かしてくれながら泰生が舌打ちする。泰生の熱を秘所に感じたとき、潤はホッとしたほどだ。

「ぅ…あああ――――…っ」

開かされた腿を掴まれ、一気に貫かれる。蕩かされたはずの粘膜がその衝撃に悲鳴を上げた。精をこぼさなかったのは奇跡かもしれない。

「うー、ぬるぬるする。気持ちよすぎだろ」

ため息をつくように泰生がこぼす。泰生の刻む早い鼓動が繋がっている箇所を通して潤にも伝わってきた。それだけで、潤の欲望からは大きな雫がこぼれ落ちていく気がした。

「ぁう……泰生…も、無理…無理、ぁ、あっ」

「っ…、締めんなよ、腰動かすなっ。この…エロガキっ」

知らない。意識してやっているわけじゃない。泰生が動いてくれないからおかしくなるんだ。潤んだ目で見上げ、潤は首を振る。それに泰生は苛立つように舌打ちすると、潤の腿をさらに広げて腰を打ちつけてきた。

「ぁ、あ、あぁっ……激し……っ」

「は……っ、我慢がきかないおまえのせいだろ、とりあえず一度いかせてやる。じっくりやるのはそれからだ」

「や、ゃっ…硬いの…でっ、そ…んなっ……しないで…ぇっ」

最奥をガツガツと抉《えぐ》られて体ごと突き上げられ、泰生の激しい律動に脳天まで灼《や》かれていく気がした。視界が白く霞むのはそのせいだろう。泰生の肩へと抱えられた足先が宙でゆらゆら揺れている。そのつま先から甘い痺れが次々と駆け上がってくるのも潤を悶えさせた。

「んん、やぅっ…や、泰生っ」

「仕方ねぇな。一緒に、だろ……っ」

泰生が突き上げをきつくする。潤の弱い部分を抉ってくる動きに、潤は体を跳ねさせた。それを二度、三度と繰り返されるともうだめだ。

「んーんっ、ん、ん、ひ…ぅ――――っ」

「う…あっ……」

その瞬間、泰生の怒張をきつく締めつけてしまったのかもしれない。色っぽい掠れたうめき声を聞きながら潤は精を吐き出していた。体の奥で泰生の熱が弾けたのも感じる。

「あー、不覚だ。不覚すぎる」

弛緩する潤の体から屹立を引き出して、泰生が悔しげに呟いている。

「おれが本気を出すとおまえはさらにその上を行くよな」

「は…はぁ、は…ふ……」

その言葉は少し心外だったが、潤は反論出来なかった。荒い呼吸を繰り返し、視線を動かすことさえけだるい。そんな潤に泰生は大きくため息をつくと、裸のままベッドを後にする。ペットボトルを持って戻ってきた泰生は、潤を抱きかかえると水を飲ませてくれた。冷たい水が美味しくてがっついてしまったら、どうやら水が気管に入ってしまったらしい。

「けほ、げほっ…けほっ」

「あーあ、急いで飲むからだろ」

呆れたように言いながらも泰生の手は潤の背中をさすってくれた。

このかいがいしさと直前までの猛々《たけだけ》しさはすごいギャップかもしれない……。

自らも喉を潤している泰生を眺めながら、潤の唇には微苦笑が浮かんでいた。

空になったペットボトルをゴミ箱へと放り投げた泰生だが、少し遠すぎたのか、ペットボトルはかつんとゴミ箱の縁に当たって床に転げてしまう。

「ッチ。あとだあと。今は潤だろ」

しかし泰生はそれを拾いに行くことなく、潤へと体を向けた。

すぎた快感と疲労でまだ痺れているような潤の体をひょいっと持ち上げると、泰生はあぐらを組んだ足の上に潤を下ろした。泰生に背中を向けるようにだ。臀部にすでに兆し始めた泰生の欲望を感じると、声が上ずってしまう。

「あの、あのっ、もうちょっと休みたい…です」

「いいぜ、おまえは動かなくても」

飄々《ひょうひょう》と言い、泰生は自分の屹立を腿で挟むように潤の足を折りたたむ。

「っ……」

摑んだ足を卑猥に動かし後ろから腰を動かされると、潤の股間を使ってマスターベーションしているようだ。先ほどたっぷりローションを使われたせいか股間は未だぬめっており、泰生の怒張が潤の双珠や屹立を擦りつけるように動く。

潤の体にはあっという間に妖しい熱が逆巻き始めた。

「あ、ぁっ…泰っ…泰生っ、ぃやっ…やっ…です。それい…ゃあっ」

「何だよ、おまえが復活するまで待ってやろうって言ってんだ。優しいだろうが、おれは」

「んん、…ぁ、あ、あっ」

やっぱり優しくない。泰生はぜんぜん優しくない――っ。

喘ぎながらも、潤は何度も首を振る。

「じっくりやるって言ったろ？　さっきあれほどおれを煽ったんだ、覚悟は出来てるはずだろ。ほら、もう動けるならベッドに手を突けよ。そろそろ本格的にやるぞ」

「あ…煽ってなんか、ゃうっ、やっ」

泰生があぐらを解いたため、バランスを失って潤はベッドに手を突く。四つん這いになった潤の股間に先ほどよりさらに容量を増している泰生の屹立が挟まれた。ぬるりと股間で妖しく蠢《うごめ》く感覚にくずおれそうになる潤の腰を、泰生は後ろから力強く支える。

「ぁ、やっ、ム…リ…ぃ、あっ、あ」

先ほどより自由に行き来する屹立に、潤は泣き声を上げた。泰生の怒張が熱すぎるのも腰が震える原因だ。敏感すぎる双珠を、欲望を、泰生はぬるぬるとすり上げていく。

「あ、ぁああっ、や…ぁ……、ゃだ…ぁああっ」

ベッドに突いた手がぶるぶる震えた。膝からは力が抜け、背後の泰生に何度も抱え直される。突き入れるごとに臀部に当たる泰生の腰骨の硬さが、本当にセックスしているかのようだ。

「すげぇ気持ちよさそうだな」

「ん、んっ…んんっ、ふ…ぅっ」

震える手は体を支えきれずにとうとう上体が崩れた。冷たいシーツに頰を埋めて、潤は揺さぶられるがままだ。欲望をストレートに愛撫されるせいか、快感は今にも弾けそうだった。

「っと、このまま潤をいかせるのももったいねぇな」

それを見て、泰生もようやく動きを止めてくれる。ぐったりする潤の体を引き寄せると、泰生を跨《また》ぐように抱え上げられた。

「自分で入れられるか?」

甘く訊ねられ、潤は考える間もなく頷いた。欲情の鱗粉《りんぷん》を纏った黒瞳は、ゾクゾクするほどきれいだ。この目で見られるのは自分だけ。そう思うと、何でもしたいと思った。

「ん……ん、ぁ…はっ…」

泰生の肩を支えにして震える膝を叱咤《しった》し、屹立を秘所にあてがう。ゆっくり腰を下ろすが、先端の張った部分がのみ込めない。すでに収斂《しゅうれん》してしまった肉壁は柔らかいとはいえ、泰生の屹立を拒んでしまう。太すぎるそれを身の内に入れる衝撃を覚えているためか。

「どうしたよ？　ほら、しっかりしろ」

泰生がからかうような視線を向けてくる。膝に力を入れて、潤は身を落とした。熱い兇器が身の内を灼いていく。自ら泰生の欲望を迎え入れるのは初めてではないはずなのに、いつも以上に体が敏感になっているのか衝撃がきつかった。

「う、あっ…ぁ……っ」

体を支える腿が何度も痙攣し、泰生の肩に必死に縋りつく。頑張って腰を下ろしたのに、まだ半分ほどしか飲み込めていなかった。しかし、今の潤にとってはそこまでで精一杯だった。

「ひ……っ、っ…ぅ……」

腰がひどく震える。切っ先が潤の感じる部分に触れているせいだ。快感が恐ろしくて、これ以上動くことなど出来なくなっていた。

出来ると思ったのだ。それが出来なくて、やれなくて、とても悔しかった。

唇を噛みしめるが、涙がぽろぽろとこぼれ落ちてしまう。

「ったく、何泣いてんだ」

泰生がひどく困ったような愛しげな声を上げた。落ち着かせるように潤の背中を撫でてくれるが、その手が優しすぎて涙はさらに止まらなくなる。

「ご…ごめん…なさい、うまく出来ない…出来な…いっ」

「ばーか、謝る必要はねぇよ。今日はご褒美エッチだって言ったろ。おまえを労るためのセックスだ。もう泣き止め」

泰生が顎を上げてキスをしてくる。ちゅっと音を立てる小さなキスを何度も繰り返された。そのいたわるようなキスに宥められて、ようやく潤の唇は引き上がる。

「よし、笑ったな。んじゃ、力抜いとけ」

「ん…ゃあ――――っ」

泰生の手が腰を掴んだかと思うと、残っていた楔《くさび》を潤の体に沈めていく。躊躇していた感じる部分をかすめて、さらに奥へ。体の深いところを貫く灼熱の塊《かたまり》に腿がひくついた。

「大丈夫だったろ？」

仰け反らせた首に泰生が唇を寄せてくる。じりっとした痛みに潤は体をくねらせた。

「ぁ、あ、ふ……」

いつもと違うところに当たるせいか、体の深いところから快楽がしみ出てくる気がした。粘性のある快感が泰生をのみ込んでいる場所から次々にこぼれ出ては肌を這い、体の隅々へと渡っていく。体を支配していく愉悦に恐ろしささえ感じて、泰生の肩に爪を立ててしまった。

「おいこら、おれの職業がモデルだって忘れてるだろ。あー、もう聞こえてねぇか。ったく」

「ぁんっ…っん……ん」

苦笑しながら泰生がゆっくり揺さぶり出す。動きづらいのか、浅い抜き挿しだ。ゆったりと腰を回されると、滾《たぎ》った熱棒に体をかき回される感じがした。摑んだ手で誘導され、潤もいつしかあさましく腰を揺らしていた。

恥ずかしさに燃え上がりそうだ。けれど体が止まらない。もっと泰生の熱が欲しくて、激しさが欲しくて、肉壁さえ勝手に動き出していた。泰生の突き上げに合わせて潤は腰をうねらせ、体を揺らす。

「っ…は……すげぇな。このままだと乗っ取られそうだ」

泰生が掠れた声を上げると、繋がったまま潤をゆっくり背中からベッドへと押し倒してきた。

「ん、ぁあっ」

「何だよ、その途中で止められたっていう不満げな顔は。心配しなくても気持ちよくしてやる」

潤を組み伏せる体勢に変え、上から見下ろしてくる泰生は笑って腰を入れてきた。同時に触れられたのは、涙をこぼす潤の熱だ。腰をグラインドさせながら欲望を擦り立てられて、潤はあられもなく悲鳴を上げた。

「っ……ひ、ぁうっ、ぁ、ぁああっ」

深く突き刺し強くねじ込むと、浅く抜き出しゆるくこね回す——でたらめな動きで泰生は潤を思う存分翻弄《ほんろう》する。屹立を嬲る手はさらに執拗さを増し、腰が恥ずかしいほど揺れてしまった。焦らすつもりはないのか、確実に熱を追い上げていく泰生に潤は身悶える。

「んじゃ、取りあえずおまえだけ二回目な」

「ゃうっ、やんっ……っ、ぁ、あっ」

泰生のセリフに疑問を覚える間もなく、滾った欲望を引きずり出されて腰が砕けた。そこをひときわ強く突き上げられ背中が反り返る。うねる腰を押さえつけてむさぼられたかと思うと、足を抱え直してさらに深い結合へ——潤の全身は感電したようにびりびりした。

「ぁ…んんっ——…ぁ……やっ…もう、やっ」

泰生がグラインドをきかせ、奥へ奥へと兇器を押し入れてくる。容赦ない動きに潤はただただ揺さぶられるばかり。ふいに泰生が伸び上がって、指先で潤の顎を捕らえた。

「ん、んーんっ…ふ…ぅ」

吐息ごと奪われるようなキスをされた。その激しさにくらくら眩暈がする。そのまま、重く腰を使われるとひとたまりもなかった。泰生が穿《うが》つごとに瞼の裏で火花が散る。瞼が灼けるほどハレーションを起こしたとき、泰生の腹に精を飛ばしていた。

「は……っ、ん…はぁ」

ようやくキスを解かれて、潤は空気を求めてはくはくと喘ぐ。そんな潤の足を泰生が抱え直す動きに、潤は息も絶え絶えに顎を傾けた。

「た、泰生〜っ」

「すぐにはしねぇよ。三回目はのんびり行くから」

唇を歪めるようにニヤリと笑う泰生に、潤は小さく悲鳴を上げた。

「ジュンはもう帰国してしまうのかい⁉」

潤と泰生はギョームとロジェに招待されてフランス最後のディナーを楽しんでいた。

間もなく夏休みも終わり。潤は明日ひとりで帰国することになっている。

当初の計画だと泰生も一緒に帰国するはずだったが、急きょ入った仕事のために恋人は明日同じ時間帯にミラノへ飛ぶ予定だ。何でも演出の話がまたひとつ飛び込んできたらしい。

今までの泰生なら潤をひとりで国際線に乗せることは嫌がったはずだが、少し躊躇はしたものの、連絡があったその場でミラノ行きを決めたのには潤も驚いた。今回のパリ滞在では自分が少し変われた気がしている潤だが、泰生も少し意識が変わったのかもしれない。

「そうか。ジュンの夏休みが終わりなら仕方がないな」

グラスへ伸ばす手を止めたロジェの声には少し名残惜しげな響きが混じっていた。

ギョームと再び愛を交わし合ったロジェだが、これまでと少しも変わらないように見える。今日もきっちりと英国紳士らしくスーツを着こなし、銀髪を丁寧に後ろへと流していた。気難しげな表情も変わらない。それでも、時にギョームと交わす眼差しにはひどく優しいものが込められているのを見て、二人が再び愛を育み始めているのだと潤も嬉しかった。

『四十年ぶりの大恋愛の再燃、祝福するぜ。って、ギョームのそのやに下がった顔、何だよ。フランスのファッション界きっての切れ者とうたわれたギョームが形なしだな』

そんな二人に泰生は開口一番彼らしい祝いの言葉を述べていた。

潤が気にしていたロジェの日記はまだ本人には渡されていないらしい。内容が内容だし、ロジェと十分に話し合ったあとに渡すつもりだという。その時まで潤も内緒にして欲しいとギョームから言われていた。

「ふむ、ではジュンに会うのは来年の夏休みか」

ロジェの言葉に、そういえば来年はどうなるだろうと泰生にお伺いを立ててみる。潤の視線を受けて、しかし泰生は「どうかね」と肩をすくめた。

「潤もおれも、来年はパリに来るかわからないな」

「だったら来年などと言わずに今すぐフランスに留学すればいいんだよ」

にこにこ顔でギョームが身を乗り出してくる。突飛な発言に潤は仰け反り、泰生は呆れたように唇を歪めたが、ギョームの隣に座るロジェは眉を大きくつり上げていた。

「イヴォン。君はどうしていつもそうなのか、考え方が軽すぎる。物事を簡単に捉えすぎだ」

「軽快で柔軟だと言ってくれないか、愛しい人。可愛いジュンと一年間も会えないのは、ロジェはつらくないのかい？　僕はつらいよ。僕たちの愛のキューピッドなのに」

「そっ、それとこれとは……」

目元をわずかに赤くして照れるロジェをギョームはひとしきり愛でたあと、潤へと顔を戻してくる。

「どうだろう、ジュン？」

「あの、いえ、おれは本来は英語を勉強していて……」

冗談じゃないのかとしどろもどろに答える潤の言葉に、ロジェが少し嬉しそうな声を上げた。

「ジュンはもともと英語を専攻していたのか。だったらロンドンに留学するのもいいかもな」

「ロジェ、それはダメだよ。ジュンはフランス語がこんなに上手なんだから、英語よりフランス語を勉強した方がいい。フランスにはいい大学がたくさんあるんだよ。今だったら前期授業にも何とか間に合うかもしれない。そうだね、ちょっと連絡してみようか」

携帯電話を取り出すギョームに、潤は非常に焦った。特権階級にあるギョームゆえに叶わないことも少ない気がして、このままだと本当にフランスへ留学することになりそうだ。大いに慌てる潤だが、心強いストッパーがこの場にはいた。泰生——ではなくロジェだ。

「イヴォン！　いい加減にしないか。ジュンのことを何と考えている。彼は君のものではないんだぞ、一個の人間だ。彼の主義を曲げてまで自分の希望に添わせるなどあり得ない」

「しかし——」

「それに何が英語よりフランス語を勉強した方がいい、だ。ジュンは英語の方が好きだから専攻を決めたんだ。だったら留学するのもイギリスだろう。フランスよりイギリスの方が大学も優れているんだから」

「ロジェ。少し言いすぎではないかな。フランスの高等教育は——」

途中から何だか方向がずれて、英仏戦争が勃発《ぼっぱつ》したテーブルに潤はおろおろする。

「泰生、どうしましょう！」

「ほっとけ、ほっとけ。ギョームはロジェとケンカが出来て嬉しんだろう。ほら、見ろよ。あの楽しそうな顔」

気がなさそうに顎でしゃくる泰生に、潤はギョームを見た。確かに生き生きとして少し楽しそうにも見える。しかし、ロジェはしかめっ面だ。あれはどう見ても楽しそうではない。

「――なんだい。ロジェだって『ベルナール』とフランス風に名前を変えていたじゃないか」

言い合いの最中、ギョームの指摘にロジェが一気に顔を赤らめる。

「あれは、あれは……事故ですべてをなくしてしまったから、せめてイヴォンと同じフランス人になってこれからを生きたいと、私は……」

「……あぁ、ロジェ。あなたがイギリス人でもフランス人でも僕は愛してるよ」

手を握り見つめ合うロジェとギョームに潤は目を丸くした。言わんこっちゃないと泰生からも視線を投げかけられ、潤は複雑な気持ちで席に座り直す。

「これはあれだな、孫の取り合いにかこつけた痴話喧嘩《ちわげんか》だ。そもそも潤はおれのもんなのに、だしに使うなってぇの」

泰生の発言に笑えばいいのか怒ればいいのか、それとも喜べばいいのか。潤は非常に悩んだ。

F.i.n.

あとがき

こんにちは。初めまして。青野ちなつです。

この度は『情熱の恋愛革命』を手にとっていただき、ありがとうございます。恋愛革命シリーズもまさかまさかの六冊目となりました。

今回はパリでの日々。潤の夏休みを利用した海外でのお話です。

実はこのお話、プロットの段階では設定や物語の背景や登場人物は同じで、しかしまったく違った展開を考えていました。何とそれは潤が憑依されるといったオカルト話。日記帳が呪いのアイテムで――なんて、まだまだ暑い季節に少しひんやりする話も楽しいかと思ったのですが、即行で没になりました。その時の担当女史のお返事が早かったこと（笑）。

そう言うわけで、適切な軌道修正のおかげでこの本が仕上がりました。プロットの全没なんて食らったのは実に初めてだったので、あの時は本当に慌てました。けちょんけちょんになりもしましたが（笑）、今ではいい思い出です。

オカルトなどどこに行ったと言うような初秋らしい爽やかなお話になった（はずの）六巻では、潤がとても頑張ってくれたと思います。そのご褒美に、私にしては珍しくベッドでのラブラブなシーンを書いてみました。以前カミングアウトしましたが、ベッド以外でのラブシーンが私の萌えなので、潤のために少し苦労しました。次はどこでのラブシーンが楽しいかなと考えると、家の中は書き尽くした感がありますので、いっそのこと外とか……？　その場合はずいぶんハードルが上がりそうです。

さて、恋愛革命シリーズを毎回ステキに彩って下さるのは香坂あきほ先生のイラストです。ラブ度が上がっていく潤と泰生のイラストが毎度楽しみですが、本書ではたくさんの花に祝福される潤たちのカバーにうっとりしました。お忙しいなか、華やかなイラストを描いて下さって本当にありがとうございます。

いつものことながら、ご迷惑をお掛けしている担当女史にも心から感謝を申し上げます。今回はプロット時からずいぶんお世話になりました。これに懲りず、今後ともどうかよろしくお願いします。そして、どうぞお手柔らかに（笑）。

最後になりましたが、ここまで読んで下さった読者の皆さまに厚く御礼申し上げます。恋愛革命シリーズがこんなに続いているのも応援して下さる読者さまのおかげだと思っています。それを励みに、また初心を忘れずに、これからも頑張る所存です。

また次の本でも皆さまにお会いできますように。

二〇一二年盛夏　青野ちなつ

初出一覧

情熱の恋愛革命　/書き下ろし

B♥PRINCE
http://b-prince.com

B-PRINCE文庫をお買い上げいただきありがとうございます。
先生へのファンレターはこちらにお送りください。

〒162-0825
東京都新宿区神楽坂6-46　ローベル神楽坂ビル
リブレ出版(株)

情《じょう》熱《ねつ》の恋《れん》愛《あい》革《かく》命《めい》

発行　2012年9月7日　初版発行

著者　青野ちなつ
©2012 Chinatsu Aono

発行者　塚田正晃
出版企画・編集　リブレ出版株式会社
発行所　株式会社アスキー・メディアワークス
〒102-8584　東京都千代田区富士見1-8-19
☎03-5216-8377（編集）
発売元　株式会社角川グループパブリッシング
〒102-8177　東京都千代田区富士見2-13-3
☎03-3238-8605（営業）
印刷･製本　旭印刷株式会社

小社ホームページ　http://asciimw.jp/

Printed in Japan
ISBN978-4-04-886835-8 C0193

B-PRINCE文庫

好評発売中!!